KB078448

FUSION FANTASTIC STORY

박선우 장편소설

스크린의 별 1

박선우 장편소설

초판 1쇄 찍은 날 § 2017년 9월 11일
초판 1쇄 펴낸 날 § 2017년 9월 18일

지은이 § 박선우
펴낸이 § 서경석

총괄팀장 § 최하나
편집책임 § 이지연

펴낸곳 § 도서출판 청어람
등록번호 § 제387-1999-000006호
등록일자 § 1999. 5. 31
어람번호 § 제1-2761호

주소 § 경기도 부천시 부일로 483번길 40 서경B/D 3F (우) 14640
전화 § 032-656-4452　팩스 § 032-656-4453
http://www.chungeoram.com
E-mail § chungeorambook@daum.net

ISBN 979-11-04-91448-5 04810
ISBN 979-11-04-91447-8 (세트)

스크린의 별

FUSION FANTASTIC STORY

박선우 장편소설

1

도서출판 청어람

CONTENTS

프롤로그

영화를 이해한다는 것은 사람들의 삶을 이해하는 것이다.

*   *   *

사람에게는 수많은 얼굴이 있는데 잘생긴 것과 못생긴 것에 대한 구분은 균형이다.

미에 대한 관념은 시대에 따라 변해왔지만 균형 잡힌 얼굴은 사람들로 하여금 잘생겼다는 표현을 하게 만들어왔다.

그러나 잘생겼다고 해서 모든 사람의 마음을 움직일 수 있는 것은 아니다.

사람들로 하여금 매력을 느끼게 만드는 감정이 담겨 있지 않다면 그 사람은 그저 잘생긴 사람에 불과할 뿐이다.

대중들이 나를 더없이 사랑한 것은 내 얼굴에 사람들을 감동시키는 수많은 감정이 담겨 있었기 때문이다.

그렇다.

나는 세상에서 결코 찾아볼 수 없는 '절대적인 아름다움'을 가진 남자였다.

제1장
그가 사는 세상

　나는 영화배우다.

　대한민국 국민들에게 가장 사랑받은 남자였고 여자들이 꼽은 이상형 1순위는 언제나 내 차지였다.

　완벽한 몸매와 마력적인 얼굴에서 뿜어 나오는 카리스마, 그리고 어떤 배역이든 소화해 내는 연기력은 나를 역사상 가장 완벽한 배우로 평가받게 만들었다.

　그러나 나의 외모는 불행히도 선천적인 것이 아니었다.

　배우고 익힌다는 것이 살아가는 데 얼마나 도움이 될지 알지 못한다.

아니, 그 도움이 자신에게는 전혀 필요 없는 것이라 생각했으니 한 톨의 도움도 되지 않았을 것이다.

인성을 배운다는 것도 마찬가지다.

학교에서는 사람이 사회에 적응하며 살아가야 하는 인성을 키워준다고 했지만 오히려 학교는 악몽의 세계나 다름없었다.

키는 185㎝로 제법 큰 편이었으나 몸무게가 120㎏이 넘어 굴러다니는 공처럼 여겨질 정도로 엉망인 몸매를 지녔다.

더군다나 엄청난 근시에다 얼굴은 양쪽 광대뼈가 툭 튀어나왔고, 눈은 푹 꺼져 보는 사람으로 하여금 비호감을 불러일으킬 정도로 못생긴 외모였다.

그렇다.

학교를 가기 싫었던 것은 오로지 외모를 바라보며 불쾌감을 느낀 사람들의 시선 때문이었다.

왕따를 당하면서 괴롭힘을 받았던 것은 아니다.

외모가 그렇다 보니 사는 것 자체가 지겨웠고 철이 든 후에는 자살 시도란 극단적인 행동까지 여러 번 했기 때문에 폭력에 대한 두려움은 하찮은 것에 불과했다.

고등학교에 들어와 일진들이 시비를 걸어왔을 때 교탁을 집어 던져 한 놈의 어깨를 부숴 버린 후부터는 더 이상 접근하는 놈이 없었다.

깡으로 먹고사는 놈들이 교탁 한번 던졌다고 쉽게 포기했을까.

놈들이 질린 것은 강우진의 눈에서 뿜어져 나오는 시퍼런 살기가 진짜라고 느꼈기 때문이다.

미친개.

평소에는 있는 듯 없는 듯 생활했지만 강우진은 한번 꼭지가 돌자 미친개를 연상시킬 만큼 광포하게 놈들을 제압했다.

사람을 상하게 했으니 학교 측에서는 가차 없이 정학을 내렸으나 강우진은 태연하게 그 사실을 받아들였다.

어차피 고등학교를 다닌 것은 부모님의 간절한 바람으로 인한 것이었으니 정학 정도는 그에게 아무것도 아니었다.

강우진은 천천히 걸어서 학교로 향했다.

서초동.

수많은 부자가 사는 동네답게 건물들은 크고 높았으며 밤이 되면 온갖 네온사인으로 뒤덮여 불야성을 방불케 하는 동네였다.

하지만 강우진의 집은 그런 화려함과 어울리지 않게 가난했다.

택시 운전을 하는 아버지는 하루 12시간을 꼬박 운전했고 어머니는 식당에 나가 허드렛일을 하셨다.

두 분이 그렇게 열심히 일을 했어도 처음부터 흙수저였던 부모님은 강우진과 동생을 건사시키는 것조차 힘들어했다.

강우진이 버스를 타지 않고 걸어서 학교를 가는 이유는 조금이라도 살을 빼고 싶다는 욕망 때문이었다.

쓸데없는 짓이란 건 안다.

그럼에도 버스 안에서 사람들의 시선에 시달리는 것이 싫었고 학교와는 거리가 그리 멀지 않았기에 3년 내내 하루도 빼놓지 않고 걸어서 다녔다.

집과 학교의 중간 정도를 지나쳤을 때 마치 거인의 다리처럼 굵은 기둥과 외벽이 설치된 커다란 건물이 나타났다.

우리나라뿐만 아니라 전 세계적으로 인정받는 유전자공학의 메카, 미성연구소였다.

5층으로 지어진 연구소의 건물 면적은 5천 평에 달했고 대지는 만 평이 훌쩍 넘을 정도로 대단한 규모를 지닌 곳이었다.

강우진은 잠시 멈춰 서서 연구소 정문에 놓여 있는 전단지를 꺼내 들었다.

역시 똑같은 내용이다.

미성연구소는 벌써 한·달 전부터 임상 실험에 대한 응모자를 모집하고 있었는데 유전자 성형에 관한 것이었다.

유전자 성형이라.

처음으로 들어보는 말이었다.

서초동에는 수많은 성형외과가 존재했지만 유전자 조작을

통해서 성형을 한다는 말은 들어본 적이 없다.

강우진은 긴 한숨을 내리쉬고 전단지를 내려놓았다.

마음 같아서는 당장에라도 가보고 싶었으나 고등학교에 다니는 그는 대상이 되지 않았기 때문에 오늘도 전단지만 바라본 후 돌아서고 말았다.

교실 문을 열고 들어서자 벌써 꽤 많은 놈이 자리를 차지하고 있었다.

"왔냐?"

교실 맨 끝 자리에 앉아 있는 서현탁이 빙글거리는 웃음으로 그를 맞아주었다.

놈이 유일한 그의 친구였다.

서현탁은 그와 비슷한 키를 가지고 있어 3학년에 들어와 짝이 되었는데 그 후로 강우진과 둘도 없는 친구가 되었다.

그놈 역시 외모가 훌륭한 편이 아니었기에 학교에서는 둘을 합해 못난이 형제라고 불렸다.

물론 그들이 듣지 않는 곳에서 쑥덕거린 것이었으나 귀가 있으니 들리지 않을 리가 없었다.

바보 같은 놈.

서현탁은 뭐가 좋은지 들어오는 자신을 바라보며 해맑은 웃음을 짓고 있었다.

놈의 면상을 보면서 천천히 걸어갔다.

고3 교실의 특성은 참으로 지랄 같다.

서현탁을 포함해서 대학을 포기한 몇 놈과 수시에 합격한 놈들을 빼고는 책상에 고개를 처박고 있었는데 마치 병든 닭이 제자리에서 꾸벅꾸벅 조는 것처럼 보였다.

이제 앞으로 보름 후면 정시가 있기 때문에 수시에 합격하지 못한 놈들은 마지막 사활을 걸고 공부에 매달리고 있었다.

하지만 그런 모습을 보는 것도 얼마 남지 않았다.

바로 오늘이 고등학교에서의 마지막 방학이 시작되는 날이기 때문이었다.

강우진과 마주친 여학생들의 시선이 불에 덴 것처럼 빠르게 다른 쪽으로 돌아갔다.

씨발.

언제나 그렇지만 기분이 참 더럽다.

그럼에도 강우진은 자기 자리로 걸어가 서현탁의 어깨를 툭 때리고 자리에 앉았다.

"뭐 하는데 이렇게 빨리 와. 대학교도 안 가는 놈이."

"심심해서. 집에 있어봤자 한심하잖냐."

"그렇기도 하겠네."

강우진이 가방을 의자에 걸어놓은 채 팔짱을 끼자 서현탁의 고개가 조심스럽게 다가왔다.

"냈냐?"

"냈다."

"예선이 언제라고 그랬지?"

"한 달 후."

"연락은 언제 온대?"

"최소한 일주일은 걸린다고 했으니까 기다려 봐야지."

"씨발, 동영상 합격해서 네가 예선에 나가면 그땐 내가 무슨 일이 있어도 꼭 응원 간다."

"오지 마."

"왜!"

"그냥 오지 마. 어차피 안 될 건데 뭐 하러 와."

"그게 뭔 개소리야. 네가 안 되면 누가 돼!"

서현탁의 목소리가 대뜸 커졌기에 강우진의 눈이 슬쩍 뒤집어졌다.

벌써 주변에 있는 놈들이 무슨 일인가 그를 보다가 강우진의 안색이 굳어진 걸 보고 고개를 돌리는 게 보였다.

강우진이 YCN에서 주관하고 있는 오디션 프로그램에 참가 원서를 낸 것은 일주일 전이었다.

오디션 프로그램에 원서를 낸 것은 서현탁의 제안에 의한 것이었기 때문에 이 사실을 아는 것은 그가 유일했다.

못난 외모를 가지고 있는 강우진에게도 신이 내려주신 선물이 있었다.

바로 노래였다.

고등학교 3학년이 되어서야 친구가 된 서현탁은 노래방에서 딱 한 번 강우진의 노래를 들은 후 입을 떡 벌린 채 말까지 더듬었다.

그냥 잘하는 정도가 아니라 사람의 영혼을 뺏어버릴 정도로 강우진의 노래 실력은 무시무시했기 때문이다.

그랬기에 서현탁은 희망 없이 살아가는 강우진에게 가수가 되어야 한다고 강력하게 주장했다.

어렸을 때부터 남들 앞에서 노래를 부른 적이 없었다.

불결한 외모와 어울리지 않는 천상의 목소리는 완벽한 불협화음에 불과하다고 생각했다.

부모님은 그런 강우진에게 아무런 말씀도 하지 않으셨다.

당신들로 인해 못난 외모를 지니고 태어난 것에 대해 두 분은 언제나 마음 아파하며 그를 감싸고 돌았다.

어려운 가정 형편 때문에 부모님의 소망과 달리 대학을 포기했으나 강우진은 오디션에 참가하라는 서현탁의 제안을 단박에 거절했다.

가수는 아무나 하는 게 아니라는 생각 때문이었다.

더군다나 혐오스러운 자신의 외모로 대중 앞에 나선다는 건 말도 안 되는 짓이라고 생각했다.

얼마 남지 않은 고등학교를 마치면 부모님을 돕기 위해 막 노동판이라도 나갈 생각이었다.

동생인 강우성은 그와 달리 뛰어난 두뇌를 지니고 있어 한 번도 전교 1등 자리를 놓치지 않는 수재였고 외모도 그와 달리 준수한 편이었다.

같은 부모 밑에서 이렇게 완벽히 다른 동생이 태어난 건 불가사의에 가까운 일이었다.

못생긴 외모에 공부머리조차 없으니 자신은 부모님을 도와 동생이 훌륭한 사람으로 성장하는 밑바탕이 되어야 한다고 생각했다.

그러나 희망이란 놈은 징글맞게 그를 괴롭혀 끝내 오디션에 참가 원서를 내도록 만들었다.

살고 싶었다. 사람답게.

오디션에서의 결과가 결코 좋은 쪽으로 나오지 않을 거란 예상을 했음에도 결심을 굳히게 된 것은 마지막 희망이라도 잡고 싶다는 간절한 마음 때문이었다.

서현탁의 목소리가 다시 작아진 것은 강우진의 눈썹이 잔뜩 일그러진 것을 확인한 후였다.

"넌 된다. 내가 장담한다니까. 내가 노래를 좋아해서 이어폰을 달고 살지만 너처럼 노래 잘하는 놈은 한 번도 보지 못했다."

"애들 듣겠어. 그만해."

"들으면 어때. 그게 뭐 잘못이냐?"

"인마, 쪽팔리게 하지 말고 가만있어."

"쪽팔릴 것도 많다. 넌 그 피해 의식부터 고쳐야 해."

"네 눈에는 이게 피해 의식으로 보이냐?"

강우진의 반문에 서현탁이 빤히 쳐다보다가 입맛을 다셨다.

하긴 피해 의식으로 말하기에는 지랄 같지만 현실이 지독하다.

강우진을 바라보는 학교 친구들의 시선은 언제나 더러운 물건을 보는 것처럼 차가웠다.

주섬주섬 가방에서 책을 꺼내 책상에 놓았다.

공부를 하려는 것이 아니라 의무감 때문이었다.

요즘 들어 선생님들은 수업 시간이 되어도 수업을 진행하는 경우가 거의 없었지만 아직은 학생의 신분이었으니 책을 꺼내놓은 것은 본능적인 행동이었다.

교실 문이 열리며 강민경이 나타난 것은 강우진이 책을 꺼내놓고 칠판에 적혀 있는 것을 확인할 때였다.

교실 전체가 갑자기 환해졌다.

눈부신 외모.

강민경은 서초동 3대 미녀로 꼽힐 정도로 아름다웠는데 2학년 때부터 광고 모델로 활동했고 곧 텔레비전 드라마에 출연한다는 소식이 들렸다.

요즘 그녀는 학교에 나온 적이 별로 없었다.

이미 동명대에 수시로 합격했기 때문에 학교 측에서도 그녀가 학교에 나오지 않는 것에 대해 간섭을 하지 않았다.

그녀가 교실로 들어서자 모든 사람이 자리에서 벌떡 일어섰다.

삼삼오오 모여서 떠들던 놈들은 물론이고 정시 때문에 코를 박고 있던 놈들조차 강민경 주위로 몰려들었다.

그런 친구들을 향해 강민경은 환한 웃음을 짓고 있었다.

스타답지 않게 그녀는 친구들에게 언제나 다정한 모습을 보여 인기가 많았다.

"여전히 예쁘네."

"그렇지?"

"너도 가봐."

강우진이 툭 던지자 서현탁의 콧구멍이 벌렁거렸다.

하지만 그는 끝내 자리에서 일어서지 않았다.

"가면 뭐 하냐. 냄새만 맡다가 올걸."

"하긴, 너도 나 못지않은 놈이지."

"무슨 그런 싸가지 없는 소리를 함부로 하고 있어. 인마, 너보다는 내가 사이즈 면이나 면상 쪽에서 훨씬 우월하단 말이지. 어디서 비교질이야."

"이 자식아, 장난하냐. 그 나물에 그 밥이 뭘 따지고 있어!"

"크크크, 하긴. 너와 내가 서로 위로하고 살지 않으면 세상이 너무 무섭긴 해. 그러니까 우리 외모 가지고 되도록 싸우지 말자."

서현탁이 어깨를 내리면서 풀썩 웃는 것을 보며 강우진이 친구들에 둘러싸여 있는 강민경을 바라보았다.

그러자 서현탁도 그림을 감상하듯 그녀를 향해 고개를 내밀었다.

"그런데 쟨 왜 왔지. 요즘 코빼기도 안 보이더니?"

"오늘 선생님이 오랬단다."

"왜?"

"왜긴 왜야. 방학 전에 얼굴은 보여야지. 쟤는 졸업식에 오지 않을 가능성도 커."

"선생님이 얼굴을 보고 싶었던 모양이네."

"응, 그래서 김초희도 온단다."

서현탁의 입에서 김초희란 이름이 나오자 강우진의 얼굴이 일그러졌다.

김초희.

그녀 역시 서초동 3대 미녀 중 한 명이다.

인연인지 아니면 악연인지 고등학교 신분으로 연예계에 데뷔한 여자애들이 그의 반에는 두 명이나 있었다.

김초희는 타고난 외모와 노래 실력, 그리고 완벽한 몸매와 춤 솜씨를 지녀 요즘 한창 떠오르고 있는 걸 그룹 '비욘세'의 멤버로 활동 중이었다.

　하지만 강우진에게 그녀는 악연 중의 악연이었다.

　유독 그녀는 강우진을 싫어해서 2년 동안 눈 한번 마주치려 하지 않았다.

　물론 엉망인 그의 외모가 상당 부분 원인으로 작용했겠지만 결정적인 이유는 2학년에 막 올라왔을 때 복도에서 우연히 부딪친 것 때문이었다.

　그녀는 강우진의 커다란 덩치에 부딪친 후 나가떨어지며 쓰러졌는데 그때 거기에 있었던 남자 놈들이 전부 팬티를 확인했을 정도로 볼썽사나운 모습을 보이고 말았다.

　미안하다는 말은 통하지 않았다.

　그녀는 강우진의 사과를 받아주지 않은 채 매서운 눈으로 째려본 후 울면서 교실로 들어갔는데 그때부터 그녀의 디스가 시작되었다.

　김초희는 시간이 날 때마다 강우진을 험담하면서 다녔기 때문에 학교에서는 그를 여자나 괴롭히는 괴물로까지 소문이 났다.

＊　　　　＊　　　　＊

"안녕?"

"어, 잘 지냈니. 더 예뻐진 것 같다."

어느새 다가온 강민경이 여전히 의자에 앉아 멀뚱거리고 있는 강우진과 서현탁에게 인사를 해왔다.

붙임성 있게 대답을 한 것은 서현탁이었다.

서현탁은 사람처럼 보이지 않는 강민경을 향해 입을 벌린 채 웃고 있었는데 완전히 넋이 나간 놈처럼 보였다.

"우진이는 어때, 대학교는 어떻게 됐어?"

쉽게 대답이 나오지 않았다.

동경.

그래, 그녀를 향한 마음은 동경이었을 것이다.

그녀는 마법에 걸려 깊은 잠에 든 공주였으니 백마 탄 왕자와 사랑에 빠져야 스토리가 완성이 되겠지만 강우진은 그녀를 볼 때마다 야수와 미녀를 생각했다.

말도 안 되는 상상이란 건 너무나 잘 안다.

그녀는 야수를 사랑하는 미녀가 절대 될 수 없다는 것을 알면서도 강우진은 그녀를 좋아했다.

열병.

그래, 아마 그것은 청춘의 열병이었을 것이다.

그녀를 알게 되는 순간부터 가슴속에 들어왔던 사랑이라

는 지독한 놈은 일 년 내내 그를 괴롭혔다.

첫사랑이자 짝사랑이다.

그럼에도 한 번도 내색하지 않았다.

자신은 괴물이었고 그녀는 누구나 동경하는 스타였으니까.

남들이 알게 되었을 때 받아야 할 손가락질이 두려웠고 그녀의 친절했던 미소가 비웃음으로 변하게 되는 걸 보는 건 죽기보다 싫었다.

그랬기에 그녀의 물음에 쉽게 대답을 하지 못했다.

강민경의 질문은 의례적인 것에 불과했다.

만약 강우진에 대한 관심이 조금이라도 있었다면 대학 진학에 대한 질문은 던지지 않았을 것이다.

그저 마음이 착한 그녀는 반 친구들에게 모두 인사를 해야 했기에 마지막으로 남아 있던 그들에게 다가온 게 분명했다.

그것은 강우진의 대답을 마저 듣지 않고 자기 자리로 돌아가는 그녀의 모습에서 확실하게 증명되었다.

그녀의 뒷모습.

아름다우면서도 고귀함이 한껏 묻어나와 보는 것 자체가 불순하다는 생각이 들 정도다.

김초희가 나타난 것은 강민경이 자리에 앉았을 때였다.

강민경이 튤립처럼 우아하고 데이지처럼 고결한 아름다움을 지녔다면 김초희는 가시 달린 장미처럼 도시적이었고 화려

한 아름다움을 지녔다.

그녀의 등장에도 교실에 있던 놈들은 난리가 났다.

특히 남자 놈들은 김초희가 나타나자 환성을 질렀는데 마치 콘서트에 온 열성적인 팬들처럼 느껴질 정도였다.

김초희는 그런 놈들을 향해 손을 들어준 후 강민경과는 다르게 자신의 자리로 돌아가 도도한 자세로 앉았다.

여전히 강우진이 있는 곳으로는 눈길 한 번 돌리지 않은 채말이다.

*　　　　　　*　　　　　　*

시간은 빠르게 지나갔다.

수업은 예상대로 대충 진행되었고 정시에 매달리는 놈들 빼고는 건성으로 수업에 임했다.

하지만 쉬는 시간만큼은 달랐다.

강민경과 김초희의 존재로 인해 쉬는 시간이 되면 학생들은 그녀들의 주변에 몰려들어 대화를 나눴는데 대체적으로 연예계에 대한 것들이었다.

마치 팬클럽 회원들이 몰려든 것과 비슷했다.

강우진이 김초희에게 다가간 것은 마지막 수업이 끝나고 학생들이 환성을 지르며 자리에서 일어날 때였다.

책상 정리를 하던 김초희는 강우진이 다가오자 벌레를 본 것처럼 흠칫하며 몸을 경직시켰다.

"무슨 일이니?"

목소리가 날카롭다.

그녀는 강우진이 자신의 앞에 있던 의자에 털썩 주저앉자 적의에 찬 시선을 보냈다.

하지만 강우진은 굳은 얼굴로 그녀의 시선과 정면으로 마주쳤다.

"네 얼굴을 보는 게 이번이 마지막일 것 같아서 왔다. 예전에 있었던 일은 일부러 그런 게 아니었다는 걸 말하고 싶었어."

"사과를 한다고 모든 일이 끝나는 건 아니야. 나는 네 사과를 받고 싶지 않아."

"2년이란 시간이면 할 만큼 했잖아. 헤어지는 마당에 꼭 그래야겠냐?"

"나는 그래. 그러니까 돌아가."

"크크큭……."

김초희의 말에 강우진의 입에서 이상한 웃음소리가 흘러나왔다.

그러자 긴장된 얼굴로 두 사람의 행동을 지켜보던 학생들이 불안한 모습을 보이기 시작했다.

지금의 모습은 예전 일진들이 강우진을 괴롭혔을 때 탁자를 집어 던지기 직전과 비슷했기 때문이다.

하지만 강우진은 웃음만 흘린 후 천천히 자리에서 일어섰다.

"넌 참 웃긴 년이구나. 네가 얼마나 잘났는지 모르겠지만 그 성격으로는 절대 성공하지 못할 거야."

"미친놈."

"네가 사과를 안 받아줘도 상관없어. 내가 온 건 마음속에 더럽게 묵혀 있던 숙제를 해결하고 싶어서 왔을 뿐이었거든. 그러니까 미친년처럼 눈깔 그만 뒤집어."

*　　　　　*　　　　　*

방학이 되자 갑자기 할 일이 없어졌다.

아버지는 일찍 일을 나가셨고 동생 놈마저 독서실에 간다며 집을 나섰기 때문에 남은 건 그와 엄마뿐이었다.

동생 놈은 전교 1등답게 방학이 되었어도 공부를 멈추지 않았다.

놈은 자신이 성공할 유일한 수단이 공부뿐이라고 맹목적으로 믿는 것 같았다.

공부를 잘하지 못했지만 늦잠에는 익숙하지 않았기에 9시가 되기 전에 자리를 박차고 일어났다.

이놈의 몸뚱아리.

여전히 둔했고 여전히 움직이기 어려울 정도로 비대했다.

그럼에도 막상 덮고 있던 이불을 벗겨내고 자리에서 일어서자 서서히 활력이 살아났다.

방문을 열고 나서자 부엌에 있던 엄마가 말을 붙여왔다.

엄마는 10시만 되면 일을 나가시기 때문에 바쁘게 움직이고 있었다.

"아들, 방학이라며 왜 이렇게 일찍 일어났어?"

"잠이 안 와서요."

"난 일부러 깨우지 않았는데. 오랜만에 실컷 자라고."

"그게 잘 안 돼요. 정 여사님, 배고픈데 밥 주시죠."

"그래, 앉아라. 국 퍼줄게."

강우진의 농담에 엄마가 활짝 웃었다.

식당 일을 하는 엄마를 향해 언제부턴가 강우진은 여사라는 칭호를 쓰기 시작했다.

어려운 삶을 살아가는 엄마가 아들에게만이라도 존경받는 존재라는 걸 알려주고 싶었기 때문이다.

그가 사는 집은 23평짜리 전세였다.

그마저 서초동의 외곽에 위치했고 꽤 오래된 아파트라 구조가 형편없었다.

그럼에도 집 안은 어지러웠다.

강우진을 제외한다면 집안 식구들은 모두 바빴기 때문에 청소에 매달릴 여유가 없었다.

엄마는 일을 나가시면서 밥을 사먹으라며 2만 원을 놓고 나갔다.

점심과 저녁을 해결하기 위해서는 반드시 필요한 돈이었지만 강우진은 한참 동안 그 돈을 노려보기만 했다.

엄마가 나간 후 방 한쪽 구석에 놓여 있던 청소기를 꺼내 들었다.

그리고 집 안을 청소하기 시작했다.

어지럽혀졌던 가재도구들을 말끔하게 정리하고 흩어졌던 책들과 옷들도 차곡차곡 접어서 하나하나 제자리에 가져다 놓았다.

남아 있던 설거지와 빨래마저 한 후 걸레를 꺼내 들어 온 집 안을 깨끗이 닦았다.

겨울인데도 땀이 비 오듯이 흘렀다.

비둔한 몸으로 정신없이 일을 하자 운동에 적응하지 못했던 그의 몸이 살려달라고 아우성을 쳤다.

청소를 모두 마치고 세면을 한 후 낡은 소파에 앉아 창밖을 바라보았다.

이제 나는 무엇을 하면서 살아야 할까.

막상 생각해 보니 모든 것이 막막했다.

그럼에도 이렇게 있을 수 없다는 생각이 가슴속을 마구 헤집으며 그의 머릿속을 하얗게 비우기 시작했다.

무엇이든 해야 한다. 무엇이든……. 사람으로 태어난 이상 사람으로 살아야 되지 않겠는가.

무엇인가로부터 낙오를 한다는 것은 참으로 서글픈 일이다.

대학을 가는 친구들로부터 낙오가 되었고, 새로운 무언가를 찾기 위해 몸부림을 쳐야 하는 처지가 되었으니 한심한 인생이 따로 없었다.

누구도 그의 처지를 동정하지 않았고 누구도 그에게 손을 내밀지 않았다.

터덜터덜 걸어서 거리로 나섰다.

목적지가 있는 외출이 아니라 무작정 나선 길이었다.

대학을 가고 싶지 않았던 것은 아니었다.

하지만 공부에 대한 의욕이 전혀 없었기 때문에 시험 당일 조차 책을 펴지 않아 성적은 언제나 하위권을 맴돌았고 집안의 형편도 녹록하지 않았다.

그랬기에 3학년에 들어와서는 아예 대학 진학의 꿈을 완전히 접어버렸다.

목적지는 없었으나 길을 나선 이유는 있었다.

아무것도 하지 않고 집 안에 남아 기생충처럼 산다는 것은 죽기보다 싫었기에 일자리를 구하고 싶었다.

다 큰 놈이 언제까지 엄마에게 용돈을 타서 쓸 수는 없는 일이었다.

아르바이트생을 구한다는 편의점 출입문의 전단지를 확인하고 들어섰으나 주인은 강우진의 얼굴을 확인하자마자 벌써 구했다며 미안하다는 소리를 했다.

그것이 시작이었다.

처음에는 재수가 없다고 생각했으나 그런 일이 반복되자 자신의 외모 때문에 일자리를 주지 않는다는 것을 알게 되었다.

물건 파는 데도 외모를 따지다니 정말 이놈의 세상은 지겹도록 처참하다.

편의점은 물론이고 식당과 마트, 심지어 스크린 골프장에서까지 냉대를 받았는데 사람이 모이는 곳에서는 그 누구도 강우진에게 일을 주지 않았다.

하지만 하늘이 무너져도 솟아날 구멍은 생기는 모양이다.

3일 동안 열심히 돌아다니다 전봇대에 붙어 있는 전단지를 확인하고 지체 없이 물류 창고로 향했다.

물류 창고는 집에서 한 시간 정도 떨어진 곳에 있었는데 다섯 동으로 구성되었고 면적이 오천 평 정도의 규모였다.

건물로 들어가 주춤거리며 사무실에 들어서자 안경 낀 여직원이 컴퓨터 자판을 두드리다가 강우진을 향해 시선을 주었다.

"무슨 일로 오셨죠?"

"아르바이트를 구한다고 해서 왔습니다."

"아, 그래요? 그럼 저기 창고 보이시죠?"

"네."

"그쪽으로 가시면 노란 완장 찬 분이 계실 거예요. 그분한 테 허락받고 다시 오세요."

"고맙습니다."

여자가 가리킨 곳은 사무실 건너편에 위치하고 있었는데 대형 트럭들 사이로 사람들이 분주하게 움직이는 것이 보였다.

사무실을 나와 그곳으로 향해서 여직원이 알려준 대로 노란 완장을 찬 중년 남자를 찾았다.

일하는 사람들이 그를 보고 반장이라 부르고 있었다.

보자마자 인사부터 했다.

일을 하기 위해서는 무엇보다 깍듯하게 예의를 갖추는 것이 중요하다고 생각했기 때문이다.

"당신 뭐요?"

"저기… 일하러 왔습니다. 전단지를 보고……."

"어허, 정말이야?"

"예."

"무슨 일인지는 알고 온 거냐?"

"모릅니다."

"저거 보이지. 저 박스를 나르는 일이야. 보기보다 훨씬 무거울 텐데 괜찮겠어?"

"할 수 있습니다."

"학생?"

"곧 고등학교 졸업합니다. 지금은 방학 중이라 일할 수 있습니다."

"공부는 안 하고 노가다를 한단 말이냐. 대학교는 안 가?"

"집안 사정이 안 좋아서요."

"좋아, 덩치를 보니까 힘깨나 쓰겠구만. 일손이 부족해서 그렇잖아도 힘들었는데 잘됐다. 오늘부터 일해. 일당은 좋은 편이니까 용돈벌이는 충분할 거다."

반장은 턱짓으로 사무실을 가리키며 서류를 작성하고 내려오란 지시를 한 후 바쁜지 금방 자리를 떴다.

박스를 하루 종일 나르는 것은 전형적인 3D 업종 중의 하나다.

워낙 일이 험했기 때문에 지원하는 놈들이 없었던 모양인지 반장은 흔쾌히 그를 받아주었다.

일은 생각한 것보다 훨씬 힘들었다.

박스에 가득 담긴 물건들은 개당 30㎏이 넘었는데 한 시간이 지나자 덩치가 남산만 한 강우진에게도 숨이 턱까지 차오를 정도로 괴로웠다.

그럼에도 강우진은 이를 악물고 참았다.

여기가 아니면 어떤 곳에서도 일을 할 수 없으니 고통으로 인해 몸이 견딜 수 없을 때까지 참아야 했다.

*　　　　　*　　　　　*

나영찬은 하품을 길게 하며 다리를 쭉 뻗었다.

그가 스타 등용문이라고 불리는 YCN의 간판 프로그램 '코리아 스타'의 PD를 맡은 지 벌써 9년이 지났는데도 이때만 되면 정신이 없을 정도로 바빴다.

벌써 시즌10이다.

'코리아 스타'가 10년이 되도록 장수 프로그램이 된 것은 이곳을 통해 성장한 신예들이 꾸준히 대한민국을 휘어잡는 가수로 성장했기 때문이다.

그 때문인지 시즌이 넘어갈수록 참가자의 숫자는 기하급수적으로 늘어났는데 이번 시즌10에는 무려 15,000명이 넘었다.

1차 동영상 합격자를 가려 뽑기 위해 50명의 음대생을 아르바이트로 썼다.

나름대로 음악에 대한 이해도가 높은 음대생들을 썼기 때문에 비용은 배로 들어갔지만 신뢰도는 향상시킬 수 있었다.

1차로 3,000명을 뽑았고 2차로 500명을 뽑는 작업이 진행되는 중이었다.

2차까지 합격한 놈들은 3주 후에 벌어지는 예심에 참여하게 될 것이다.

나영찬은 3열로 늘어 앉아 이어폰을 낀 채 동영상을 듣고 있는 음대생들을 바라보며 연신 하품을 해댔다.

그는 요즘 야근을 밥 먹듯 하고 있었다.

예심에 참여하는 전문가들도 섭외해야 했고 본심에 들어갈 때면 언제나 참여하는 3대 기획사 사장들의 일정도 체크해야 했다.

그뿐만이 아니었다.

본심을 거쳐 프로그램이 진행될수록 출연자들의 코디까지 신경 써야 했으며 무대 구성과 합숙하는 장소, 시청자 평가단이 참여하는 앱까지 다시 구성해야 됐기 때문에 그야말로 24시간이 부족할 정도였다.

그가 오늘 예심 장소에 온 것은 담당 PD로서 책임감도 있지만 홍보 담당자와 한바탕 한 후에 잠시 쉬기 위해 온 이유가 컸다.

졸음이 몰려오면서 눈꺼풀이 무너지기 시작했다.

이대로라면 열심히 일하는 사람들 앞에서 조는 모습을 보일지도 몰랐다.

그럼에도 상관없다.

그 정도로 충분히 일했고 여기서는 뭐랄 놈도 없으니 잠시 낮잠을 자는 것도 나쁘지 않은 선택이라 생각했다.

그의 잠을 깨우는 소음은 처음엔 아주 작았다.

하지만 그 소음은 점점 커지면서 그의 낮잠을 방해했기 때문에 무거워진 눈꺼풀을 억지로 치켜뜰 수밖에 없었다.

한쪽 눈만 뜨고 바라보자 가운데 줄에 있던 여자애들이 한곳에 모여든 채 연신 감탄을 터뜨리는 것이 보였다.

유능한 PD는 상황 판단에 따른 감각이 탁월해야 했고 나영찬은 충분히 그런 능력이 있는 사람이었다.

"거기 뭐야?"

"PD님, 이건 좀 보셔야 되겠는데요."

서 있던 음대생 중에 한 명이 그를 향해 시선으로 와보라는 신호를 보냈다.

뭔가 터졌다는 뜻이다.

그리고 그것은 엄청난 놈이 나타났다는 것을 의미했다.

그랬기에 그는 의자 위에 올려놓았던 다리를 잽싸게 내린 후 그녀들을 향해 다가갔다.

나영찬이 다가가자 둘러싸던 음대생들이 자리를 비켜주면

서 그가 모니터를 볼 수 있도록 공간을 마련해 주었다.

여섯 번째 자리에 있던 컴퓨터는 어느새 헤드폰이 빠진 상태였는데 담당 음대생은 나영찬이 온 것을 확인하고 동영상을 처음으로 돌린 후 재생 버튼을 누르며 볼륨을 올렸다.

동영상이 플레이되었으나 사람의 모습은 보이지 않고 대신 기타 음이 들리기 시작했다.

프로 수준의 기타 솜씨는 아니었으나 전주의 애절함이 인상적이었다.

문제는 화면에 나타나지 않은 남자의 노래가 시작되었을 때였다.

나영찬의 미간이 단숨에 좁혀졌다.

도입부 단 한 소절만으로도 가슴이 콱 막혀오는 전율이 피어났다.

미상의 남자가 부른 노래는 7년 전 발라드의 대명사로 불리는 조창문의 '들에 핀 꽃'이었다.

조창문의 창법은 가성과 진성을 오가는 화려함이 가득했으나 남자의 창법은 완벽하게 열려 있는 두성으로 오직 진성만을 이용해서 불렀는데 이별에 대한 슬픔과 두려움이 고스란히 전해질 정도로 깊은 감정이 담겨 있었다.

그야말로 대박이다.

얼굴조차 보이지 않는 상태에서 마이크도 없이 이 정도의 감성을 전달한다는 것은 조창문이라도 쉬운 일이 아니었다.

시즌10을 진행하는 동안 이런 경우가 종종 있었다.

그리고 그 주인공들 중 상당수는 탑10까지 살아남아 기획사에 소속되어 가수의 길을 걸었고, 또 몇 놈은 공중파가 진행하는 팝 뮤직에서 공전의 히트를 치곤 했다.

이놈도 그럴 가능성이 충분했다.

아니, 그가 지금까지 담당하며 들은 놈들 중에서도 최상위 클래스다.

남자의 노래가 끝나자 어느새 다른 줄에서까지 모여들었던 음대생들이 가슴을 쓸어내리며 한숨을 짓는 것이 보였다.

노래가 주는 감동에 자신들의 임무를 망각할 정도로 감명을 받았다는 뜻이다.

그랬기에 나영찬은 담당하고 있던 음대생에게 급히 물었다.

"어디서 온 거야?"

"서울이에요, 서초동."

"그런데 왜 얼굴이 없어. 이놈, 녹화 잘못한 거 아냐?"

"글쎄요, 그건 모르겠네요. PD님, 얼굴 안 나오면 탈락시키는 건가요?"

"그건 또 뭔 소리야?"

"얼굴이 없는 건 이 사람이 처음이라서요."

"걱정하지 말고 일단 합격시켜. 나중에 예심에 오면 자연스럽게 확인할 수 있겠지."

나영찬은 음대생의 질문에 단호하게 대답하고 몸을 돌렸다.

이놈은 집중 관리 대상이다.

동영상 심사가 진행되는 동안 특별하게 노출된 애들이 벌써 20명이 넘었다.

그들은 대부분 본심에 진출해서 시청률을 높이는 효자들이 될 것이다.

물론 마이크를 직접 들이댔을 때 나타나는 숱한 복병들이 있겠지만 동영상만으로도 두각을 나타낸다는 건 그만큼 뛰어난 실력을 가졌다는 단호한 증거였다.

제2장
기회

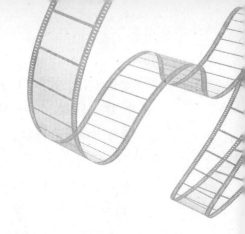

강우진의 아버지 강성두는 고아원 출신이었다.

힘들게 고등학교를 졸업한 후 독립을 했기 때문에 그의 인생은 고생 그 자체라고 볼 수 있을 정도였다.

그럼에도 그의 품성은 더없이 온순했고 착했다.

결혼할 당시 그가 가진 돈은 300만 원이 전부라 지하 단칸방에서 신혼살림을 시작할 수밖에 없었다.

그가 정숙영과 서둘러 결혼할 수밖에 없었던 것은 그녀가 덜컥 임신을 했기 때문이다.

정숙영은 울면서 아이를 지우겠다고 했으나 그는 그녀의 선택을 받아들이지 않았다.

고아로 자라났으니 가족에 대한 애착이 누구보다 강했던 그는 결혼할 형편이 되지 않았지만 결코 아이를 포기하지 않았다.

그 선택이 그의 인생을 현재처럼 힘든 고난 속에 빠뜨렸어도 지금 다시 선택한다면 똑같은 결심을 했을 것이다.

결혼 후 7개월 만에 태어난 강우진은 몸무게가 4kg이 훌쩍 넘을 정도로 우량아였으나 예쁜 얼굴을 가지지는 못했다.

갓 태어났으니 점점 좋아질 거란 처음 생각은 곧 잘못된 것으로 드러났다.

강우진의 외모는 성장하면서 점점 좋지 않은 쪽으로 진행되고 있었다.

그럼에도 강성두는 강우진을 끔찍하게 사랑했다.

자신의 아이.

일가친척 하나 없는 그에게 강우진은 하늘에서 내려주신 선물이자 축복이었다.

아들이 세상을 접하면서 외모 때문에 겪어야 하는 고통을 대할 때마다 가슴이 무너지는 고통과 슬픔을 맛봤다.

누구보다 행복하게 만들어주고 싶었지만 무엇을 잘못했는지 하나님은 아들에게 못난 외모를 주고 말았다.

아들이 방황할 때마다 사랑과 눈물로 빛나가지 못하도록

최선을 다했다.

강우진이 자살이라는 극단적인 선택을 할 때마다 그는 아들을 붙잡고 미안하다며 아버지를 위해 조금만 더 살아달라고 애원했다.

그것이 그가 아들에게 해줄 수 있는 유일한 것이었다.

다행스럽게 강우진은 그의 바람대로 어느 순간부터 온순하게 자라주었다.

물론 대학을 가지 못한 것은 더없이 실망스러운 일이었으나 그는 아들을 향해 한마디 잔소리조차 하지 않았다.

하루 종일 운전을 해서 피곤한 몸을 이끌고 강성두는 부지런히 집으로 향했다.

강성두는 아침 7시에 출근해서 저녁 7시까지 일하기 때문에 자신보다 늦게 퇴근하는 아내를 대신해서 가족들을 위해 저녁상을 차려야 했다.

그래봤자 먹는 사람은 그와 강우진뿐이었다.

주중에는 언제나 아내인 정숙영은 식당에서 저녁을 해결했고 둘째 아들은 학교나 독서실에서 먹고 들어왔기 때문이다.

문을 열고 들어서자 구수한 된장찌개 냄새가 흘러나왔다.

무슨 일이지?

의아한 눈을 한 채 부지런히 부엌으로 향하자 강우진이 웃는 얼굴로 마중을 나왔다.

"오셨어요?"

"집에 있었어?"

"방학했잖아요. 배고프시죠. 제가 밥상 차려놨으니까 얼른 씻고 나오세요."

"네가 무슨 밥을 차려!"

강성두가 말을 하면서 식탁을 바라봤다.

거기에는 된장찌개와 계란부침, 그리고 밑반찬까지 가지런히 놓여 있었다.

"이거 정말 네가 한 거냐?"

"제가 안 해서 그렇지 음식 잘하거든요. 오늘부터 저녁은 제가 책임질 겁니다."

"허허……."

자신을 빤히 바라보는 아들의 모습이 너무나 안쓰럽게 보여 웃음소리를 흘렸지만 활짝 웃지 못했다.

방학을 했다는데 아들은 무슨 짓을 하는지 밥만 먹으면 곯아떨어져서 일어나지 못했다.

가족들은 아침 일찍 나가기 때문에 집에 있는 건 강우진뿐이었다.

그런 놈이 녹초가 되어 밤만 되면 쓰러진다는 사실에 강성두는 어제 아들의 뒤를 쫓아갔다. 아들이 또다시 잘못된 일을 할지 모른다는 걱정 때문이었다.

거기서 생노가다를 하는 아들의 모습을 보고 말았다.

왈칵 눈물이 흘러나오는 걸 막지 못하고 결국 숨어서 울 수밖에 없었다.

아직 아들은 세상의 파도에 휩쓸리기엔 너무 어렸음에도 능력이 부족한 자신으로 인해 저런 일을 한다고 생각하자 눈물이 봇물처럼 터져 나왔다.

한참을 울다가 조용히 몸을 돌려 창고를 떠났다.

가슴은 아팠으나 아들의 결정을 말리고 싶지 않았다.

아들의 삶은 언제나 아들이 살아가는 것이고, 다만 자신은 옆에서 바른 길을 가도록 도와주는 역할을 하면 된다는 것이 그의 생각이었다.

*   *   *

일주일을 버티자 조금 살 만해졌다.

안 하던 일을 했기 때문인지 일주일 동안은 일을 끝내고 들어오면 시체처럼 뻗을 수밖에 없었다.

몸이 버틸 만해지자 아버지를 위해 저녁상을 차렸다.

처음에는 어리둥절하던 아버지는 밥을 드시면서 맛있다는 말과 함께 연신 감탄사를 터뜨렸다.

그렇게 찬사를 들을 만큼 음식 솜씨가 좋을 리 만무했다.

인터넷으로 레시피를 찾아서 부랴부랴 만든 된장찌개가 얼마나 맛있겠는가.

그럼에도 아버지는 칭찬을 아끼지 않으시며 연신 너털웃음을 지으셨다.

설거지까지 끝내고 방으로 들어오자 8시가 훌쩍 넘었다.

갑자기 피곤이 몰려오기 시작했다.

아버지를 위해 저녁상을 차리느라 분주하게 움직였을 뿐 아직 몸이 새로운 환경에 적응하려면 멀었다는 뜻이다.

띠리링…….

전화벨 소리에 팔다리를 주무르던 강우진은 핸드폰을 들어 액정을 확인했다.

예상대로 전화를 해온 것은 서현탁이었다.

"나다."

—왔어?

놈은 대뜸 질문부터 해왔다.

놈이 물어온 것이 무얼 의미하는지 알기에 강우진의 얼굴이 단박에 일그러졌다.

말은 하지 않았지만 간절한 기다림에 서서히 지쳐가는 중이었다.

일주일 정도면 결과가 나온다고 했는데 방송국에서는 열흘이 지난 지금까지 아무런 연락이 없었다.

불안한 느낌.

전국에서 노래 잘한다는 놈들이 산더미처럼 몰려들었을 텐데 거기서 합격한다는 것은 결코 쉬운 일이 아닐 것이다.

그럼에도 강우진은 태연한 음성으로 서현탁의 질문에 퉁방을 주었다.

"아직 안 왔다. 넌 어째 나보다 네가 더 지랄이냐?"

─거 씨발, 디게 뜸들이네. 왜 아직 안 온대. 어제가 열흘째였어. 지금쯤은 와야 되는 거 아냐?

"떨어졌나 보지."

─재수 없는 소리 하지 마. 네가 떨어지긴 왜 떨어져!

서현탁이 소리를 빽 질렀다.

놈은 강우진의 반응에 열 받은 게 분명했다.

눈앞에 눈알을 부라리고 있는 모습이 선했다. 그래서였던지 놈의 마음이 전해지며 마음이 따뜻해져 왔다.

"인터넷 보니까 15,000명이나 신청했단다. 너 그 숫자가 얼마나 많은 건지 생각이나 해봤어?"

─15,000명이 아니라 백만 명이 모였어도 너는 된다니까. 왜 내 말을 못 믿어!

"알았다, 알았어. 곧 연락이 오겠지."

─일은?

"견딜 만해."

─얼씨구. 견딜 만하긴, 개뿔. 두부살을 가진 놈이 노가다를 하는 게 쉬워. 너는 인마, 그게 탈이야. 힘들면 힘들다고 말하라니까. 좀 나이답게 살아봐라, 이 새끼야.

"아이고, 지랄하시네."

─그나저나 얼굴 잊어버리겠다. 토요일에 술이나 한잔하자.

"오케이, 창고도 토요일에는 쉬니까 그때 보자. 그런데 학생이 무슨 술을 먹어, 인마!"

─성인군자 나셨네. 우린 이젠 졸업만 안 했을 뿐 고삐리 아니거든? 주민등록증이 나왔다는 건 성인이란 뜻이니까 소주 마셔도 누가 뭐랄 놈이 없단 얘기다.

"알았고요. 나 피곤하니까 나중에 통화합시다."

서현탁과의 통화를 끝낸 후 강우진을 베개를 베고 드러누워 빙그레 웃었다.

놈과의 대화는 언제나 마음을 밝게 만들어준다.

고교 시절에서 얻은 가장 큰 수확을 꼽으라면 서현탁을 만난 것이었다.

놈의 가정 형편도 자신보다 결코 좋지 않았다.

그럼에도 놈은 언제나 웃는 얼굴로 세상을 살아간다.

놈은 이틀 전부터 편의점에서 아르바이트를 하고 있었는데 분명 자신 못지않게 힘들 것이다.

뉴스를 보니 자녀들을 일부러 강남의 유명 고등학교에 진학시키기 위해 전학을 보낸다는 소릴 들었다.

뛰어난 선생들이 포진하고 있기 때문에 대학 가는 데 유리하다는 것은 표면적인 것이었고, 더 큰 이유는 장래 대한민국을 주무를 인재들과 친구가 되는 것이 인생을 살아가는 데 절대적인 밑천이 된다는 포석 때문이라는 게 기사의 주요 내용이었다.

맞는 말일 것이다.

뛰어난 인재들과 고등학교 시절부터 친구가 된다는 건 인생에서 커다란 재산이 될 테니 말이다.

하지만 강우진은 서현탁으로 족했다.

친구란 앞으로 발생할 이득을 위해 사귀는 것이 아니라 마음으로 존경하는 존재가 되었을 때 진정으로 빛나는 것이니까.

몸에서 슬슬 잠기운이 일어났다.

8시가 조금 넘었을 뿐인데도 이렇게 졸린 것은 몸이 견딜 수 없을 만큼 피곤했기 때문일 것이다.

하지만 잠에 빠져들기 싫었다.

어제까지는 엄마가 들어오는 걸 보지 못하고 침대에 자빠졌지만 오늘부터는 늦은 시간까지 일하다가 들어오는 엄마를 마중하고 싶었다.

그런 생각으로 침대에서 벌떡 일어나 컴퓨터를 켰다.

자신도 모르는 사이에 오디션 결과가 발표되었는지도 모른다는 생각 때문이었다.

합격자 발표가 모두 끝난 것도 모른 채 기다리고 있었다면 정말 바보 같은 짓을 한 것이다.

전화가 온 것은 컴퓨터가 부팅을 마치고 껌뻑거리며 윈도우의 암호를 입력하라는 신호를 보낼 때였다.

책상에서 일어나 침대맡에 두었던 핸드폰으로 향했다.

핸드폰의 액정에는 전혀 모르는 전화가 떠 있었는데 강우진이 즉각 받지 않자 소리가 커지면서 더욱 미칠 듯이 울어댔다.

"여보세요?"

―안녕하세요. 강우진 씨 계신가요?

갑작스럽게 들려온 여자의 목소리가 공명처럼 머리를 휘저었다.

번쩍 머리를 때리는 느낌.

"예, 제가 강우진입니다."

―축하합니다. 이번 코리아 스타의 동영상 예선을 통과하셨습니다.

"아… 감사합니다."

여자의 말에 그가 간절히 원했던 내용이 담겨져 있자 강우진의 얼굴이 순식간에 굳어졌다.

말이 떨려 나왔으나 숨기기 위해 안간힘을 썼다.

그러나 여자가 듣기에는 숨이 멎어버린 사람의 음성처럼 들렸을 것이다.

―예선은 이번 달 23일 월요일에 올림픽공원 체조 경기장에서 열리니까 10시까지 신분증 지참하고 오시면 돼요.

"알겠습니다."

전화를 어떻게 끊었는지 생각이 나지 않는다.

23일이면 약 20일이 남았을 뿐이었다.

동영상을 보내고 10일이 넘도록 아무런 소식이 없기에 체념을 하기 시작했는데 밤늦게 이런 소식이 오자 하늘을 날아갈 것처럼 기뻤다.

전화기를 손에 쥐고 침대를 뒹굴었다.

정말 오랜만에 맛보는 기쁨이었고 성취감이었다.

그러나 강우진은 방문을 열고 나서지 않았다.

지금 거실에서는 아버지가 엄마를 기다리며 텔레비전을 보고 있었지만 덜컥 문을 열지 못했다.

겨우 동영상 예선을 통과했을 뿐이다.

그것도 자신의 외모를 본다면 떨어뜨릴까 봐 모습까지 감추고 보낸 동영상이었으니 앞으로 어떤 일이 벌어질지 알 수 없었다.

하나의 기쁨이 무너졌을 때 그것보다 수배의 슬픔이 몰려온다는 것을 그동안 여러 번 겪어왔다.

부모님에게는 그런 슬픔을 드리기 싫었다.

오로지 자신의 몫으로 남겨둘 생각이다.

그랬기에 강우진은 침대에 홀로 누워 이번 기회가 그의 마지막 희망이기를 간절히 기도했다.

＊　　　　＊　　　　＊

서현탁은 약속 장소를 삼겹살집으로 잡았다.

어린 나이에 어울리지 않게 삼겹살집으로 잡은 것은 전화로 얘기한 것처럼 정말 소주를 마시겠다는 생각 때문이었다.

처음에는 황당한 마음이었으나 곧 서현탁의 결정에 따랐다.

그렇다.

자신이나 서현탁은 모범생과 거리가 먼 놈들이었다.

더군다나 이제 졸업식만 끝나면 그들은 성인이 되어 사회로 나갈 테니 미리 이런 경험을 하는 것도 나쁘지 않다고 생각했다.

"야, 너 이전에도 술 마셔봤어?"

"마셔봤지."

"언제?"

"여러 번, 혼자. 알잖아. 우리 같은 놈들은 살면서 괴로운 일 많다는 거. 그래서 마음이 꿀꿀할 때마다 혼자서 홀짝거리며 마셨다."

"얼씨구, 철학자 나셨네."

강우진이 퉁방을 주자 서현탁이 낄낄 웃었다.

그런 후 정색을 하며 강우진을 바라봤다.

"오늘은 내가 쏠 테니까 마음껏 먹어. 나 어제 돈 받았다."

"무슨 돈을 벌써 받아?"

"편의점 그만뒀다. 주인이 하도 지랄해서."

"그건 또 뭔 소리야?"

"그 인간이 정산하면서 돈이 빈다고 나를 의심하잖아. 그래서 때려치웠어. 개새끼, 사람을 뭘로 보고 도둑놈으로 몰아!"

"돈이 비는데 왜 널 의심해?"

"아르바이트하는 놈들 중에서 내가 제일 의심스럽대. 다른 놈들은 전부 대학생들이라 그럴 리가 없다네."

"그런 말도 안 되는 소리가 어디에 있어!"

강우진이 소리를 버럭 질렀다.

다른 이유라면 모를까, 단순히 학벌이 부족하다는 이유로 의심을 받는다는 건 정말 더러운 일이었다.

서현탁이 소주병을 내밀었다.

더 이상 열 받지 말고 술이나 마시자는 뜻이었다.

"그나저나 그건 떨어진 거지?"

"붙었다."

"뭐라고! 정말이야?"

"응."

"그런데 왜 말을 안 해, 이 새끼야!"

"겨우 동영상 오디션에 붙은 건데, 뭘."

"우와, 이거 완전히 나쁜 놈이네. 내가 얼마나 궁금해했는데 그딴 소리를 지껄여. 너 나한테 오늘 죽어볼래?"

"죽이지 마라. 그렇잖아도 힘들어서 죽겠는데 너마저 날 죽이겠다고 하면 나는 어쩌냐."

"미친놈, 그래서 언제 오라는데?"

"23일. 10시까지 체조 경기장으로 오란다."

"같이 가자."

"너 일 안 할 거야?"

"때려치웠다니까. 나 시간 많은 사람이다."

"다른 아르바이트는 안 구하고?"

"천천히 구해야지."

"그럼 나랑 같이 일하는 건 어떠냐. 창고에 일손이 부족해서 난리가 아냐."

"난 너처럼 힘없다. 나같이 약한 사람이 그렇게 힘든 일을 어떻게 해. 난 못 해."

"이게 죽을라고. 까불지 말고 같이해."

"생각해 보고. 그런데 너 오디션 연습해야 되는데 거기 계속 다닐 거야?"

"응. 연습은 퇴근 후에 해도 된다. 떨어졌을 때도 생각해야 되잖아."

"웃기시네. 넌 그 유명한 이순신 장군님의 말도 못 들어봤어? 필사즉생. 죽기를 각오하고 싸워야 이긴다는 말이다. 인마, 잔소리하지 말고 당장 때려치워. 연습이나 죽어라고 하란 말이야. 넌 정말 노래 끝내주게 한다니까. 내 생각엔 노래로는 아무도 너를 이길 수 없다."

"그럴까?"

"자신을 가져. 젊은 놈이 맨날 빌빌거리지 말고!"

주거니 받거니 하면서 술잔이 건네졌다.

친구와의 대화는 부담이 없어서 좋다.

서현탁은 술이 셌다. 하지만 강우진도 그에 못지않게 잘 마셨다.

둘이 각자 소주 한 병씩을 마셨지만 얼굴색조차 변하지 않았고 혀도 전혀 꼬이지 않았다.

루저로 살아온 세상 속에서 환한 웃음 지을 수 있다는 것만으로도 행복하다.

이것은 모두 친구가 있기에 가능한 일이었다.

　　　　*　　　　　*　　　　　*

　서현탁은 강우진의 압력 행사로 인해 이틀 후부터 물류 창고로 출근했다.

　워낙 사람이 쉽게 지원하지 않을 정도로 힘든 일이라 작업 반장은 서현탁이 일을 하겠다고 찾아오자 흔쾌히 받아주었다.

　그 이면에는 강우진의 성실함이 있었기 때문이다.

　강우진은 창고에서 일하는 동안 단 한순간도 농땡이를 부리지 않고 열심히 일했기 때문에 반장은 칭찬을 아끼지 않았다.

　낮에는 일을 했고 밤에는 노래 연습을 했다.

　예선 통과 할 경우를 대비해서 본선까지 진출했을 때 부를 노래까지 5곡을 준비했다.

　별도로 연습할 장소가 없었기 때문에 노래방에 기타를 들고 가 3시간씩 부른 후 집으로 돌아갔다.

　서현탁은 마치 매니저가 된 것처럼 일이 끝난 후에도 철썩 달라붙어 강우진을 따라다녔다.

　놈은 강우진이 노래를 부를 때마다 넋을 놓고 지켜봤는데 노래가 끝나면 언제나 미친놈처럼 물개 박수를 쳤다.

시간은 순식간에 지나갔다.

무언가를 준비하는 사람에게 시간은 훨씬 빨리 흐르는 것 같았다.

앞으로 저녁은 자신이 하겠다던 강우진이 어느 날부터인가 밤늦게 들어왔으나 아버지는 여전히 아무런 말씀도 하지 않았다.

그건 엄마도 마찬가지였다.

두 분은 강우진이 10시가 넘게 들어왔을 때 밥 먹었느냐는 질문만 던지고 더 이상 아무것도 묻지 않았다.

그러나 오늘은 달랐다.

참고 참았던 궁금증을 엄마는 더 이상 견디기 힘들었던 모양이었다.

"우진아, 여기 와서 앉아봐라."

정숙영이 문을 열고 들어와 인사를 하는 강우진을 소파로 불러 앉혔다.

강성두는 그런 아내의 행동이 못마땅했던지 텔레비전에 시선을 고정시키고 있었다.

아마 아무것도 묻지 말라는 그의 행동을 정숙영이 듣지 않은 것 같았다.

정숙영의 눈에는 염려가 가득 들어차 있었다.

강우진이 소파에 앉자 그녀의 입이 천천히 열렸다.

"너 요즘 뭐 하고 다니는 거니?"

"…아르바이트를 해요."

"무슨 아르바이트?"

"그게……."

강우진이 쉽게 말을 하지 못하고 말꼬리를 흐렸다.

사실대로 말한다면 엄마는 당장 그만두라고 성화를 부릴 게 분명했다.

"무슨 일 하냐니까?"

"편의점에서 일해요. 방학이라 할 일도 없어서 용돈이나 벌까 하고요."

"내가 언제 너한테 돈 벌라고 했어?"

"예?"

"넌 아직 고등학생이야. 방학이면 친구들이랑 놀 것이지 왜 일을 해. 엄마가 계속 용돈 줬잖아."

"걱정 마세요. 힘든 일 아니라 괜찮아요."

"이렇게 늦게 들어오면서 뭐가 괜찮아. 너 정말 엄마 속 썩 일래?"

"일은 아까 끝났어요. 늦게 들어온 건 PC방에서 게임하느라 그런 거예요. 이젠 게임도 지겨워졌으니까 내일부터는 일찍 들어올게요."

"정말이야?"

"예."

"알았어. 가서 씻고 와. 밥 줄게."

"밥은 먹고 들어왔어요. 그럼 들어가서 쉴게요."

아직도 자신을 바라보지 않는 아버지에게 힐끔 눈을 돌렸던 강우진이 소파에서 일어나 방으로 걸어갔다.

이제 내일.

그의 인생에서 유일한 희망이 될지 모를 전쟁을 치른다.

*   *   *

서현탁은 새벽부터 쫓아와 강우진을 기다렸다.

서초동과 YCN 방송국까지는 1시간이면 충분한데 서현탁이 집으로 찾아온 것은 8시가 채 못 되어서였다.

둘은 작업반장에게 거짓말을 하고 일을 나가지 않았다.

학교에서 선생님이 졸업 관계 때문에 소집했다고 거짓말을 하자 작업반장은 어쩔 수 없이 고개를 끄덕여 주었다.

버스를 타고 가자는 강우진의 말을 서현탁은 따르지 않았다.

오늘 같은 날은 돈이 들더라도 택시를 타야 한다는 게 놈의 결사적인 주장이었다.

YCN에 도착하자 방송국 앞에 사람들이 몰려 있는 것이 보였다.

그냥 몰려 있는 것이 아니라 떼로 몰려 있었다.

가족 단위의 사람들도 보였고 친구들과 잔뜩 몰려온 학생들도 많았다.

코리아 스타는 동영상 예선에서 500명을 뽑았는데 전국 5개 도시에서 일제히 예심을 열었다.

그중 서울, 경기 지역 참가자가 230명으로 가장 많았다.

예심을 체조 경기장에서 치르는 것은 방청을 허용해서 공정성을 확보하고 홍보 효과도 노리기 위한 방송사의 전략이 작용했기 때문이다.

시간이 지나자 사람들의 숫자가 점점 불어나 순식간에 천여 명이 넘었다.

"이건 뭐 시장판이 따로 없네."

"혼자 온 게 아니니까 그렇지."

"나까지 안 왔으면 큰일 날 뻔했다. 그렇지?"

"꼭 그렇게 생색을 내야 되냐?"

"원래 착한 일 한 놈은 칭찬을 받아야 되는 거다."

"그래, 고맙다. 10시 다 됐어. 난 등록하고 올 테니까 여기서 기다려."

강우진이 시계를 힐끔 본 후 서현탁을 바라봤다.

그러자 갑작스럽게 서현탁의 얼굴이 굳어졌다. 시험 보기 전에 낄낄거리며 떠들던 놈이 막상 시험지를 나눠준다고 하자 인상을 쓰는 것과 비슷했다.

그런 놈을 향해 희미하게 웃어준 강우진이 미리 봐뒀던 접수대를 향해 걸어갔다.

이제 시작이다.

나를 사람으로 살아가게 만들어줄 마지막 희망의 문이 저기에 있었다.

제3장
코리아 스타 I

　조창문이 대기실로 들어서자 김호성과 유지연이 자리에서 일어나 인사를 해왔다.

　김호성은 요즘 인기 절정을 구가하는 래퍼였고, 유지연은 누구나 인정할 정도로 뛰어난 가창력을 지닌 여가수였다.

　특히 유지연이 시즌3부터 심사 위원으로 활동해 온 것은 그녀가 가창력과 더불어 환상적인 춤 솜씨를 지니고 있기 때문이었다.

　코리아 스타의 특성상 댄스를 주특기로 하는 참가자들이 많았다.

그들은 먼저 심사 위원 대기실에 와 있었는데 선배인 조창문이 나타나자 활짝 웃으며 반겨주었다.

조창문.

벌써 데뷔한 지 15년이 된 최고의 발라드 가수로서 그가 최절정기에 있을 때는 발표하는 곡마다 음반 판매량이 백만 장을 훌쩍 넘길 정도로 엄청난 가창력을 지닌 대스타였다.

지금은 전성기가 지나 활발한 활동은 하고 있지 않았지만 가수로서의 그의 영향력은 아직도 대단했다.

"일찍들 왔네."

"분위기 좀 보려고 먼저 왔습니다. 코리아 스타는 갈수록 대단해요. YCN에서 작정하고 미는 것 같습니다."

"들어오다 보니까 엄청나더라. 3천 명 정도 온 것 같아?"

김호성의 대답에 싱긋 웃으며 조창문이 자리에 앉았다.

심사 위원실을 맡고 있는 스태프가 테이크아웃한 커피를 들고 온 것은 김호성과 유지연이 그의 좌우를 차지하고 자리에 앉았을 때였다.

"고마워."

여자 스태프를 향해 조창문이 찡긋 윙크를 날렸다.

그 모습에 스태프의 얼굴이 붉어졌다.

조창문의 또 다른 유명세는 여자관계가 무척 복잡하다는 것이었다.

그는 예쁜 여자를 만나면 기본적으로 윙크부터 시작하는 버릇이 있었는데 그 수작 하나만으로도 웬만한 여자들은 껌뻑 죽었다.

유지연이 입을 연 것은 붉어진 얼굴로 스태프가 서둘러 방을 나갔을 때였다.

"오빠, 방송국에서 보내준 동영상 보셨어요?"

"그거 볼 시간이 어디 있냐."

"심사에 참고하라고 보내준 건데 좀 보고 오지 그랬어."

유지연이 슬쩍 퉁방을 주자 조창문이 어깨를 으쓱했다.

그녀는 조창문보다 4살이나 어렸지만 오랜 세월 가수로서 활동하며 친하게 지냈기 때문에 그를 허물없이 대했는데 반말도 섞어가며 대화를 나눌 정도였다.

"그런 건 왜 보내주는 거야. 동영상 보내준 이유가 심사하는데 편의를 봐주라는 거냐?"

"아니에요."

"아니야? 난 그런 것 같아서 일부러 보지 않았는데… 심사위원이 편파적으로 하면 안 된다는 생각을 했거든."

"그런 것 같아서 나 PD한테 전화해 봤더니 그냥 참고용이래요. 워낙 뛰어난 애들이니까 주의 깊게 보라는 이야기였어."

"아하, 그럼 보고 올 걸 그랬네. 몇 명이냐?"

"우리 쪽에만 14명. 지역 쪽에도 비슷한 숫자를 줬다고 하네요."

"동영상으로는 몰라. 직접 무대에 올라와서 들어봐야 정확히 판단할 수 있어."

"그렇긴 한데 몇몇은 확실히 뛰어나더라구요. 거기에 오빠 노래 한 애도 있었는데 정말 대단했어."

"내 노래?"

"들에 핀 꽃. 내가 봤을 땐 오빠보다 더 잘하는 것 같더라."

"이것이 또 까불고 있어."

"말이 그렇다는 거지. 그 정도로 잘했단 말이에요."

조창문이 입술 끝을 끌어 올리자 즉시 유지연이 발을 뺐다.

가수에게 가장 치명적인 말은 누구보다 가창력이 떨어진다는 것이었다. 그것은 아무리 친한 사이라도 조심해야 할 금지어에 해당하는 것이었다.

물론 농담이라는 걸 너무나 잘 알기에 조창문의 표정은 변하지 않았다.

코리아 스타에 참가하는 어린애들이 아무리 잘한다고 해도 조창문과 비교한다는 것은 있을 수 없는 일이었다.

커피를 후루룩 마신 조창문이 유지연을 향해 입을 연 것은 김호성이 자신 앞에 놓여 있던 자료를 건성거리며 넘길 때였다.

"하여간 난 못 보고 왔으니까 동영상 보내준 놈들 나오면

이야기나 해줘."

"알았어요."

"그나저나 네 애인은 잘 있냐?"

"또 그런다!"

"그냥 안부 물은 거야. 하긴 잘 있겠지. 네 얼굴이 활짝 핀 걸 보니까 그놈 힘이 좋긴 좋은 모양이구나."

"오빠, 그거 성희롱이다."

"무슨 성희롱. 젊은 애인 둬서 좋겠다는 말인데."

"그런 오빠는 뭐 안 좋아? 무려 10살이나 차이 나는 영계를 꼬셔서 사귀잖아. 혹시 힘없어서 걔가 투정 부리나?"

"전혀, 아직 내가 쓸 만하거든. 밤일은 말이다, 힘으로만 하는 게 아니야. 적절한 파워와 기술이 동반되어야 홍콩을 갈 수 있어. 저도 잘 알면서 그래."

"하여간 못 말려, 흥!"

유지연이 콧방귀를 뀌면서 조창문의 어깨를 때리자 듣고 있던 김호성이 폭소를 터뜨렸다.

다행이다.

오늘 심사를 마치려면 거의 10시간 가까이 같이 있어야 하는데 유쾌한 두 사람과 같이할 수 있게 되어서 심심할 일은 없을 것 같았다.

*　　　　*　　　　*

　강우진은 접수를 마치고 나와 출연자 대기석 쪽으로 향했
다.

　아직 반 정도만 접수를 마쳤기 때문에 100명 정도만 자리
를 차지하고 있었다.

　그럼에도 눈에 띄는 출연자들이 많았다.

　세상에는 왜 이렇게 잘생기고 예쁜 놈들이 많은지 모르겠
다.

　대기석에 앉아 있는 사람들 중에 반 이상은 세상에 나갔을
때 눈이 휘둥그레질 만큼 잘빠지고 예쁜 놈들이었다.

　천천히 출연자들을 확인한 강우진이 서현탁을 향해 걸어갔
다.

　예선 시작은 접수한 순서대로 11시부터 시작하는 것으로
계획되었기 때문에 아직 시간은 남아 있었다.

　"몇 번이냐?"

　"98번."

　"일곱 끗이네. 최고다, 행운의 숫자 7."

　"그건 뭔 소리야?"

　"두 숫자를 합하면 17이잖아. 뒷자리가 7이니까 오늘 너는
붙을 거야."

"미친놈."

강우진이 어이없다는 얼굴로 바라봤으나 서현탁의 얼굴은 여전히 뻔뻔했다.

놈의 시선은 어느새 대기석으로 향하고 있었는데 워낙 총알같이 튀어 들어와 로얄석을 차지했기 때문에 출연자의 얼굴을 가까이서 확인할 수 있었다.

"우와, 왜 이렇게 예쁜 여자애들이 많은 거냐?"

"넌 코리아 스타 안 봤어?"

"공부하느라고 바빴잖아."

"이게 죽을라고. 대학도 못 간 놈이 어디서 설레발을……."

"야, 쟤 정말 예쁘다."

강우진의 말을 서둘러 끊으며 서현탁이 소리를 쳤다.

서현탁이 가리키는 곳에 청바지를 입은 여자애가 막 대기석으로 걸어가는 것이 보였다.

예쁘긴 예뻤다.

하지만 뒷자리에 앉아 있던 서현탁은 정면에서 출연자들의 얼굴을 다 확인하지 못했기 때문에 한 말에 불과했다.

지금 대기석에 앉아 있는 여자애들 중 상당수가 저만큼 예뻤다.

"넌 나 응원 오러 온 게 아니라 여자들 구경하러 온 놈 같다."

"이왕이면 다홍치마라잖아. 너도 응원하고 예쁜 여자애들도 구경하고."

"훌륭하세요."

"그런데 이상해. 탤런트 뽑는 것도 아닌데 왜 이러지?"

"얼굴 예쁘고 몸매 잘빠진 애들은 대부분 댄스가 주 무기야. 다시 말해서 기획사 사장들에게 잘 보여 걸 그룹으로 들어갈 목적을 가진 애들이지. 물론 그럴러면 특별한 능력을 가져야겠지만."

"그렇군. 그럼 못생긴 애들의 주특기는 노래겠구나."

"이제 머리가 돌아가네."

"하긴 멀리서 찾을 것도 없지. 내 옆에도 그런 놈이 있으니까."

"아주 날 죽여라."

직접적으로 대놓고 말했어도 강우진은 인상을 쓰지 않았다.

한두 번 들어본 얘기도 아니고 사실이었으니 뭐라 할 말도 없다.

더군다나 서현탁 이놈도 남 말할 처지에 있을 정도로 잘생기지 않았으니 이젠 아예 그러려니 하고 말았다.

시간이 30분 정도 지나자 강우진은 대기석으로 이동했다.

대기석의 의자에는 접수 번호가 붙어 있었기 때문에 자리를 찾기는 어렵지 않았다.

*   *   *

시간이 되어 첫 번째 순서부터 오디션이 시작되자 긴장감이 몰려왔다.

역시 동영상 예선을 통과한 놈들답게 뛰어난 실력을 지닌 참가자들이 많았다.

그럼에도 많은 사람이 심사 위원들의 혹평을 받으며 탈락하고 있었다.

심사 위원들은 작은 실수에도 냉정했다.

강우진이 듣기에는 훌륭했으나 심사 위원들은 전문적인 시각에서 하나하나 단점들을 짚어내며 참가자들을 절망시켰다.

4명에 1명꼴로 합격하는 걸 보니 아마 합격시킬 숫자가 정해져 있는 모양이었다.

참가자들의 나이 대는 10대 후반부터 20대 중반까지가 대부분이었다.

그중 댄스를 주특기로 하는 여자애들은 강우진과 비슷한 또래의 여자애들이 많았는데 대체적으로 예쁜 외모를 지니고 있었다.

하지만 댄스로 합격하는 참가자는 더 드물었다.

노래 실력이 동반되지 않고 단순히 댄스만 가진 사람들은 특별한 경우를 빼고는 대부분 탈락했다.

무서운 것은 그런 냉정함을 이겨낸 여자들이 꽤 된다는 것이었다.

외모가 뒷받침되는 완벽한 댄스 실력과 더불어 수준급의 노래를 지닌 참가자들은 심사 위원의 호평 속에 합격 통보를 받아들였다.

아마, 그중 몇몇은 본선에 올라 기획사에 발탁되는 영광을 누리게 될 것이다.

자신의 차례가 점점 다가오자 강우진의 표정이 점점 굳어지기 시작했다.

외모에 대한 불안감.

아무리 찾아봐도 자신보다 못생긴 참가자는 보이지 않았다.

옆에 있던 여자애들은 자신이 자리를 차지하고 앉자 아예 눈조차 돌리지 않고 있었다.

드디어 앞자리가 모두 비었고 강우진의 차례가 코앞으로 다가왔다.

먼저 오디션을 본 사람들은 합격자와 불합격자로 나뉘어 다른 문으로 나갔는데 더 이상 다시 돌아오지 않았다.

"참가 번호 98번 강우진 씨 준비하세요."

스태프가 다가와 자신의 이름을 호명했다.

순서가 온 참가자는 미리 불러서 무대 뒤로 이동시켰기 때문에 강우진은 침을 꿀꺽 삼키며 자리에서 일어났다.

무대의 뒤로 가자 3명의 참가자가 기다리고 있는 것이 보였다.

쟤들은 어떤 운명을 맞이하게 될까.

초조하게 기다리는 그들의 얼굴은 마치 죽으러 가는 사람들처럼 잔뜩 긴장된 모습을 하고 있었다.

점점 앞에 있던 사람들이 사라졌고 기어코 자신의 차례가 돌아왔다.

그런 후, 곧 무대 쪽에서 자신의 이름이 호명되었다.

눈을 질끈 감았다가 뜨면서 호흡을 크게 가다듬었다.

떨지 않으리라. 떨지 않겠다…….

마음을 다잡은 채 당당하게 걸어 나가고 싶었으나 자신도 모르게 다리가 후들거렸다.

그럼에도 한 발 한 발 무대로 향해 나갔다.

조명이 밝혀져 있는 무대. 그리고 그 중간에 덩그러니 놓여 있는 의자 하나.

마치 모든 것이 꿈결처럼 강우진을 맞아들이고 있었다.

무대로 들어가 심사 위원석을 향해 고개를 숙여 인사를 한 후 자리에 앉아 기타를 가슴으로 끌어당기자 구름 속을 헤매는 것 같았던 정신이 천천히 제자리로 돌아왔다.

"안녕하세요. 참가 번호 98번 강우진입니다."

*　　　　　*　　　　　*

나영찬은 예심 당일 체조 경기장을 찾았다.

다른 지역 예선은 지역 방송 PD들에게 부탁을 하고 자신은 가장 참가 인원수가 많은 서울을 맡았던 것이다.

생각했던 것보다 훨씬 많은 기자가 몰려들었다.

시즌이 거듭될수록 연신 화제를 뿌리고 있는 코리아 스타는 연예계 기자들에게는 관심의 대상이 될 수밖에 없었다.

더군다나 이번 시즌 10에는 스타성을 가진 놈들이 대거 출연해서 나영찬의 기분을 한껏 고조시켰다.

동영상을 통해 유망주로 선정된 놈들의 비주얼이 다른 때보다 훨씬 뛰어났고 가창력과 스타 기질이 만만치 않았기 때문이다.

체조 경기장에 들어선 나영찬은 3,000명 이상 몰려든 관중들을 바라보며 미소를 지었다.

물론 그들 대부분은 참가자들의 가족이고 친구들이겠지만 그만큼 관심이 뜨겁다는 것을 나타내는 것이었다.

"다들 접수되었나?"

"그럼요. 모두 왔습니다."

나영찬이 묻자 담당 AD 유영석이 밝게 웃으며 대답했다.

그는 나영찬과 함께 코리아 스타를 맡아 실무를 담당하고 있었는데 사교성이 뛰어났고 일도 잘했다.

그가 물은 것은 유망주로 꼽혔던 놈들에 관한 것이었다.

"강우진은 확인했어?"

"확인했습니다."

"그 새끼는 왜 동영상을 그따위로 보낸 거야?"

"그건 직접 보시면 알 겁니다."

"뭐야, 너 사람 답답하게 만드는 버릇 고치라고 했잖아!"

"말로 하는 것보다는 그냥 보시는 게 좋을 것 같아서요."

"쯧쯧, 알았다. 대충 무슨 말인지."

나영찬이 유영석의 말을 끊고 스태프들이 준비하는 과정을 물끄러미 바라보았다.

워낙 오랫동안 진행해 온 프로그램이었기에 스태프들의 움직임은 한 치의 오차도 없이 매끄럽게 진행되고 있었다.

드디어 오디션이 시작되면서 나영찬의 얼굴이 점점 밝아졌다.

이번에도 대박의 조짐이 보였다.

참가자들 중에는 유망주로 뽑혔던 놈들 외에도 상당수가 만만치 않은 실력을 보여주고 있었기 때문이다.

그리고 시간이 지나 드디어 강우진이란 이름이 호명되었을 때 나영찬의 얼굴에서 기가 막히다는 웃음이 피어올랐다.

유영석이 왜 보면 알 거란 말을 했는지 충분히 이해가 갔다.

그의 말을 듣고 예상은 했지만 강우진의 실물은 그보다 훨씬 심했기 때문이다.

*   *   *

조창문은 눈물을 흘리며 사라지는 참가자를 향해 입맛을 다셨다.

가수의 꿈을 이루기 위해 오랜 시간을 준비해 왔을 저 여자애는 오늘 이후로 한동안 절망 속에서 허우적거리며 힘든 나날을 보내게 될 것이다.

마음이 좋지 않았다.

무명으로 살아왔던 자신의 오래전 추억이 그녀의 울음소리와 겹쳐지며 서류를 넘기는 손을 무겁게 만들었다.

자신의 좌우에 앉아 있던 유지연과 김호성도 비슷한 마음이었던지 표정이 무거웠다.

그러나 그 분위기는 서류를 넘기던 유지연으로 인해 금방 깨졌다.

"오빠, 다음에 나오는 애가 내가 말한 친구예요."

"누구?"

"오빠 노래 불렀던 애."

"그래?"

"기대해도 좋아요. 정말 잘 부르거든요."

유지연이 빙긋 웃으며 요염하게 눈을 흘렸다.

천생 여우다.

그녀가 수많은 남자 팬을 보유하고 있는 것은 그녀만의 섹시함이 사내들의 마음을 홀렸기 때문이다.

사회자가 다음 출연자를 호명하는 소리와 함께 덩치가 남산만 한 놈이 들어와 인사를 하면서 의자에 앉는 것이 보였다.

그 모습에 조창문의 얼굴이 살짝 일그러졌다.

못생겼다.

아니, 단순히 못생긴 게 아니라 정말 못생겼다. 더군다나 못생긴 얼굴에 몸매까지 엉망이라 보는 것조차 힘들 지경이었다.

그랬기에 그는 한숨을 내리쉬며 유지연을 바라보았다.

그녀 역시 기대와 완전히 다른 비주얼이 눈앞에 나타나자 실망한 기색을 여실히 드러내고 있었다.

"노래는 어쩐지 모르겠지만 힘들겠다."

"그렇겠네요."

그녀의 대답을 흘려들으며 조창문이 마이크를 잡았다.

그러고는 긴장된 눈으로 자신을 바라보는 강우진을 향해 입을 열었다.

"오늘 부를 곡은 뭐죠?"

"야생화입니다."

"박효신의 야생화 말입니까?"

"예."

강우진이 그렇다고 고개를 끄덕이자 방청석이 술렁거렸다.

하지만 그것은 조창문과 두 명의 심사 위원들도 마찬가지로 의외라는 표정을 숨기지 못했다.

야생화는 신인 가수들에게는 금지곡이나 다름없는 노래였다.

국내 최고의 가창력을 지닌 박효신의 야생화는 얼핏 쉬워 보일 정도로 단조롭고 단아한 음정으로 구성되어 있었으나 노래가 담고 있는 감정을 소화하지 못한다면 최악의 곡으로 변하기 때문이었다.

더군다나 노래 막판에 가슴이 터지도록 전해지는 뜨거운 충격은 웬만한 기성 가수들조차 소화하지 못할 만큼 난해했다.

박효신은 이 야생화를 부를 때마다 눈물을 흘리곤 했다.

노래에 담겨 있는 감정에 온정신을 파묻어 동화되면서 흘리는 눈물이었기에 그가 부른 야생화는 관객들을 전율 속에 빠지게 만드는 마력을 보여주었다.

조창문이 유지연을 슬쩍 바라본 것은 미리 자신의 실망감을 보여주는 행동이었다.

그랬기에 그는 심드렁한 표정으로 귀찮다는 듯 말을 뱉어냈다.

"꽤 어려운 노래를 선택했군요. 그럼 어디 들어봅시다."

*   *   *

강우진은 자신이 등장하자 소란스럽게 변하는 관중석의 반응을 보면서 잠깐 눈을 감았다가 떴다.

언제나 자신의 모습은 사람들에게 이런 반응을 이끌어내곤 했다.

학교 다닐 때도 마찬가지였고 길거리를 다닐 때도 그랬다. 사람들은 한번 본 후로는 가급적 자신의 모습을 더 이상 보지 않으려 했다.

의자에 앉아 심사 위원의 질문에 대답을 하면서 점점 위축되는 자신을 느꼈다.

조창문.

가요계에서는 전설이라 부르는 그마저 자신의 외모를 확인하고는 시큰둥한 표정을 숨기지 않았다.

그럼에도 강우진은 자신의 노래를 믿었기에 실망하지 않았다.

'그래, 나도 알고 있어. 내 외모로 인해 받아왔던 편견이 지독하리만치 불행한 것이란 걸… 하지만 내 노래가 당신들을 감동시킬 수 있다면 그 편견을 사라지게 만드는 마법을 만들어낼 거야.'

기타 줄을 튕겨 마지막 조율을 마치고 잠깐 한숨을 내리쉰 후 손을 움직였다.

이 노래는 그가 철이 든 후로 가장 좋아했기에 남들이 보지 않는 곳에서 수없이 부른 노래였다.

살아오면서 느꼈던 절절한 고통. 나에게 있었던 몇 안 되는 소중한 추억.

그 속에 들어 있던 사랑.

그 모든 것이 강우진의 마음과 동화되어 노래로 승화되었다.

기타 줄이 움직였고 전주곡이 흘렀어도 사람들의 술렁거림은 멈추지 않았다.

외모에 대한 편견으로 기대조차 하지 않던 관중들은 강우진의 기타가 움직이며 아름다운 선율을 만들어냈으나 주변 사람들과 대화를 이어 나갔다.

그러나 그 소음이 멈추기까지는 그리 오래 걸리지 않았다.

강우진의 가슴에서 울려 나온 야생화의 첫 구절이 마치 천둥처럼 관중들의 뇌리에 틀어박혔다.

단조로우면서도 감미로웠으나 강우진의 목소리에서 흘러나온 노래는 사람들의 심장을 단박에 장악하며 대화를 멈추게 만들었다.

노래가 진행되는 동안 사람들은 숨조차 쉬기 힘든 고통을 맛보기 시작했다.

박효신과 전혀 다른 창법임에도 그에 비해 전혀 떨어지지 않는 감동이 밀려와 그들의 시선을 사로잡아 버렸다.

그것은 심사 위원석에 앉아 있던 조창문도 마찬가지였다.

외모에서 비롯된 실망감에 다음 지원자의 신상을 파악하던 그의 손은 강우진의 입에서 첫음절이 나오면서부터 완벽하게 얼어붙었다.

노래가 전해주는 충격.

그 역시 가수였고 수많은 사람을 울고 웃게 만든 장본인이었으니 노래가 주는 감동을 그 누구보다 잘 아는 사람이었다.

강우진은 처음의 어색함을 완전하게 떨쳐 버린 상태에서 노래를 부르고 있었는데 감정에 젖어 주변과 완벽하게 차단된 자신만의 세상 속으로 들어간 것 같았다.

그의 노래에 가슴이 아파오기 시작했다.

저놈이 살아온 인생이 하나씩 보이는 것 같았다.

얼마나 힘든 삶을 살았기에 저토록 가슴 저리는 감정을 보여준단 말인가.

고통과 슬픔 속에서도 살아남기 위해 몸부림치는 어린 인간의 위대한 의지에 경의감이 피어올랐다.

그는 물론이고 옆에 있던 김호성과 유지연도 강우진이 부르는 노래 속에 빠져 넋을 놓고 있었다.

오디션이란 특성 때문에 참가자들에게 주어진 시간은 1분에 불과해서 춤은 물론이고 노래마저 일 절의 중반까지 부르면 심사 위원들은 가차 없이 중단시켰다.

방송국의 강한 요구도 있었지만 합격 여부를 가리는 것은 그것으로 충분했기 때문이다.

그러나 강우진의 노래만큼은 중단시킬 수가 없었다.

노래가 주는 감동에 사로잡힌 관중은 포로나 다름없었고 강우진의 노래는 심사 위원들을 완벽하게 사로잡아 중단시켜야 된다는 생각조차 갖지 못하도록 만들었다.

노래는 중반을 넘어 점점 정점으로 치닫고 있었다.

박효신마저 가끔가다 힘겨워한다는 마지막 절규.

그 절규의 끝을 향해 다가가는 강우진의 노래에 유지연이 얼굴을 감싸며 기어코 눈물을 터뜨렸다.

정적.

노래가 끝났으나 거대한 체조 경기장에는 아무런 소리도 들리지 않았다.

강우진은 기타를 놓고 천천히 자리에서 일어나 박수조차 치지 않는 심사 위원과 관중들을 향해 고개를 숙여 인사를 했다.

그의 얼굴은 어느새 눈물로 범벅이 되어 있었다.

조창문이 먼저 침묵을 깨고 박수를 치자 곧이어 김호성과 유지연이 그저 말없이 동조를 했다.

환호도 없는 그들의 성원.

그 성원은 곧 체조 경기장을 들썩일 정도로 거대한 박수가 터져 나오도록 만드는 기폭제 역할을 하기에 충분했다.

우레와 같은 박수. 그러나 사람들의 입은 여전히 닫혀 있었다.

노래가 전해준 감동에서 아직까지 헤어 나오지 못했다는 뜻이다.

조창문이 입을 연 것은 관중들의 박수가 잦아들었을 때였다.

강우진은 인사를 한 후 조용히 서서 사형수가 처분을 바라는 것처럼 그를 바라보고 있었다.

상의를 할 필요조차 없었다. 그의 옆에 있던 김호성과 유지연은 그의 시선을 확인하고는 두말없이 고개를 끄덕였다.

"노래 잘 들었어요. 합격입니다."

단순한 그 한마디에 강우진의 표정이 급격히 변하는 게 보였다.

활짝 웃지도 못한다.

다른 친구들은 합격을 했을 때 기쁨에 겨워 무대에서 펄쩍펄쩍 뛰었지만 강우진은 그저 고개만 숙이고 무대를 벗어났다.

심사 위원들은 참가자들의 기량이 끝날 때마다 돌아가면서 의견을 비치며 장단점에 대해서 멘트를 해줬지만 강우진에게는 단 한마디만 끝내고 더 이상 아무 말도 하지 않았다.

가슴속에 들어 있는 수많은 의문과 찬사를 그들은 겉으로 끄집어내지 못했는데 그 이면에 담겨 있는 것은 강우진의 노래를 함부로 평가해서는 안 된다는 고민이 그만큼 컸기 때문이다.

조창문은 강우진이 나가는 걸 확인하고 사회자에게 사인을 보냈다.

잠시 쉬자는 신호였다.

당초 계획대로라면 앞으로 2명을 더 본 후에야 휴식하는 것으로 되어 있었지만 심사 위원장이 신호를 보내자 사회자는 지체 없이 무대를 중지시켰다.

"오빠, 어땠어요?"

"휴……."

조창문이 길게 한숨을 내리쉬었다.

그는 유지연의 질문에 답을 하지 않았는데 어느새 강우진의 참가 서류를 주의 깊게 보고 있는 중이었다.

조창문이 대답을 하지 않자 유지연이 이번에는 김호성을 바라봤다.

"호성 씨가 봤을 때 쟤 어땠어?"

"대단했습니다. 숨이 멎을 정도로. 저놈은 이런 곳에 나올 레벨이 아니에요."

"그렇지?"

"제가 봤을 때 우승은 무조건 저놈 겁니다. 앞으로 어떤 애들이 나올지 모르지만 노래만 가지고 따진다면 저놈을 이길 수 있는 애가 없을 겁니다."

"나는 쟤가 고음을 지를 때 소름이 다 끼쳤어. 저 정도 감성에 완벽한 고음이라니 타고난 애야."

"그 정도가 아니다."

유지연이 말을 하면서 아직도 감동이 가시지 않았다는 듯 양손으로 어깨를 감싸자 서류를 살펴보던 조창문이 불쑥 입을 열었다.

"그게 무슨 말이에요?"

"고음 올라갈 때 힘이 남았어. 놈의 고음은 저게 다가 아닌 것 같다."

"정말이에요?"

"야생화의 절정부 최고 고음은 3옥타브 도야. 흔히 C5라고 부르기도 하지. 남자 가수들은 노래를 부를 때 보통 2옥타브 정도에서 머무르는데 놈은 가볍게 C5를 통과했어. 내가 봤을 때 저놈이 펼치는 두성은 타고난 거야. 나는 지금까지 저렇게 완벽한 고음은 들어보지 못했다."

"그럼 오빠도 쟤가 우승할 거라고 생각하겠네요?"

"아니."

"아니라뇨?"

"아쉽게도 저놈은 한계가 있을 거야. 우리는 단순하게 노래만 보고 예심에서 통과시켰지만 본심은 기획사 사장들이 심사 위원으로 들어가잖아. 그 사람들은 절대 노래만 보지 않거든."

"외모 때문이죠?"

"맞아, 아쉽게도 저놈 외모가 너무 떨어져. 요즘 가수들, 특히 남자애들은 비주얼이 안 되면 스타로 성장하기가 무척 힘들어."

"김범준이 있잖아요. 그 친구도 외모는 떨어지지만 톱스타로 활동하는데 그게 무슨 상관이에요?"

"범준이는 다르지. 걔는 오랫동안 무명 가수로 지냈지만 앨범이 빅히트를 치면서 사람들에게 인정받았어. 더군다나 저놈보다는 외모가 훨씬 괜찮았고."

"형님, 그럼 저놈은 안 된다는 겁니까?"

듣고 있던 김호성이 끼어들었다.

그는 대선배인 조창문의 판단을 들으며 안타까움을 숨기지 못하고 있었다.

"글쎄, 지켜봐야지. 기획사 사장 중 누군가가 저놈의 재능을 높이 산다면 이변이 벌어질 수도 있을 거야. 또 하나는 저놈이 다음 무대에서 어떤 충격을 주느냐에 따라 달라질 수 있어. 방송에 저놈 노래가 나간다면 시청자들이 그냥 두지 않을 거다."

"그렇기도 하겠네요."

"자, 이제 다시 시작하자고. 아직도 반 이상이 남았잖아. 오늘 다 심사하려면 서둘러야 해. 밥은 집에 가서 먹어야지."

"오늘도 어린 애인 만나는 모양이죠?"

조창문이 사회자에게 다시 시작하자는 사인을 보내자 유지연이 툭 시비를 걸었다.

그러자 볼펜을 들던 조창문이 그녀를 향해 씨익 웃어주었다.

"내가 말이야. 나이가 들어서 몸보신을 계속하지 않으면 힘들어. 너도 오늘은 힘들었으니까 개 불러서 영양 보충이나해."

＊　　　　＊　　　　＊

나영찬은 강우진의 노래를 들으며 꼼짝하지 않았다.

그것은 옆에 있던 AD 유영석도 마찬가지였다.

노래가 끝나고 관객들의 반응을 지켜본 나영찬의 표정이 잔뜩 우그러들었다.

지금까지 수많은 참가자의 노래를 들었지만 이런 반응은 처음이었다.

편하지 않은 마음.

강우진이 처음 무대로 나왔을 때 그는 마음속으로 이미 결정을 내린 상태였다.

저런 비주얼로는 절대 본선에 나갈 수 없다.

지금 심사 위원으로 참가하고 있는 사람들은 수없이 방송에 출연하며 온갖 경험을 해본 사람들이었다.

자신이 특별한 멘트를 날리지 않아도 웬만하면 알아서 적당한 핑계를 대고 떨어뜨릴 거라 기대하고 있었다.

그러나 강우진은 자신의 상상을 뛰어넘을 정도로 엄청난

무대를 선보이며 심사 위원들을 경악시켜 버렸다.

자신은 온 국민의 사랑을 받은 코리아 스타의 메인 PD로서 프로그램을 무사히 이끌어야 할 책임이 있는 사람이었기에 강우진의 합격을 바라지 않았다.

요즘 시청자들은 비주얼에 민감했다.

그 말은 외모가 주는 선입감을 무척 중시한다는 뜻이었고 못생긴 사람에 대한 거부 반응이 크다는 것을 의미하고 있었다.

강우진이 합격해서 본선에 나간다면 기획사 사장들은 물론이고 자신마저 엄청난 딜레마에 빠져들 공산이 컸다.

"미치겠군."

"이거 참, 곤란한데요."

"국장님이 아시면 한 소리 하겠다."

나영찬이 입맛을 다셨다.

만약 강우진이 동영상을 제대로 보냈다면 무슨 수를 쓰든 예심에서 탈락시켜 버렸을 것이다.

국장은 참가자들의 실력보다 외모를 더 중시하는 사람이었는데 텔레비전은 사람들에게 행복과 즐거움을 주는 것이 최우선이라는 생각을 가지고 있었다.

그랬기에 그는 머리를 긁적이며 무대에 정신이 팔려 있는 심사 위원들을 바라보았다.

하지만 그들을 원망할 수는 없었다.

강우진의 무대가 전해준 충격을 자신 역시 직접 눈으로 확인했으니 그들을 원망한다는 건 말도 안 되었다.

제4장
코리아 스타II

　강우진이 문을 열고 나오자 테이블에 앉아 있던 스태프들이 합격을 알리는 셔츠를 건네주었다.

　셔츠의 정면에는 코리아 스타라는 로고와 별이 함께 새겨져 있었는데 방송에서 여러 번 봤던 것과 똑같은 것이었다.

　하지만 강우진은 셔츠를 입지 못했다.

　스태프가 가장 큰 사이즈를 줬는데도 셔츠는 그의 몸에 맞지 않을 정도로 작았다.

　복도를 빠져나와 출입구에 도착하자 서현탁이 기다리고 있다가 달려오는 것이 보였다.

"아이고, 우진아!"

놈은 달려오는 속도 그대로 강우진을 끌어안았다.

그러고는 연신 강우진의 전신을 주물렀다.

"수고했다, 정말 수고했어. 축하한다."

"이놈이 또 오버하네. 겨우 예심 통과한 건데 뭘 그리 호들 갑이야."

"얼씨구, 너 그런 짓 하지 말라고 몇 번이나 말해. 인마, 좋으면 좀 활짝 웃으라니까!"

"고맙다."

서현탁의 통방에 강우진의 얼굴에서 희미한 웃음이 떠올랐다.

무대에 서 있던 긴장감이 서현탁을 만나자 뒤늦게 풀어졌다.

"우진아, 우리 밥 먹으러 가자."

"지금?"

"너 때문에 점심도 안 먹고 기다렸다. 배고파 죽을 지경이야."

"바보냐. 먼저 먹지 그랬어."

"널 두고 어떻게 나 혼자 먹어. 의리가 있지."

"그래, 가자."

"뭐 먹으러 갈까?"

"중국집에 가서 짜장면이나 먹지, 뭐."

"야, 이런 날 무슨 짜장면이야. 최소한 돈가스라도 썰어야지!"

서현탁은 주위를 둘러보며 평소보다 목소리를 키웠다.

놈이 그렇게 하는 이유는 강우진을 바라보는 주위를 시선을 의식했기 때문이다.

출입문 건너편에는 많은 사람이 서성거리고 있었는데 그들은 강우진이 나오자 수군거리며 놀라움을 숨기지 않았다.

가끔가다 들려오는 대박이었다는 말은 서현탁의 어깨를 으쓱거리게 만들기에 충분하고도 남았다.

체조 경기장을 나와 올림픽공원을 걷는 동안 수많은 사람의 모습이 보였다.

그중에는 가족들에 파묻혀 울고 있는 여자들도 있었다.

분명 예선에서 탈락한 여자들일 것이다.

꿈을 잃어버린 사람들.

하나의 꿈을 가지고 정진해 왔던 노력이 물거품이 되는 순간 그녀들은 하늘이 무너지는 충격과 슬픔 속으로 빠져들었을 것이다.

연신 웃음을 짓고 있던 서현탁도 그녀들을 보는 순간 슬그머니 웃음을 지웠다.

그는 남의 불행을 무시한 채 웃음을 지을 만큼 심성이 나쁜 놈이 아니었다.

서현탁의 입이 슬그머니 다시 열린 것은 올림픽공원을 빠져
나와 대로변으로 나왔을 때였다.

"본선은 언제래?"

"2주 후에 시작한다네."

"다음 주가 아니고?"

"응."

"너 본선에서 계속 올라가면 합숙도 들어가야 되잖아. 이러
다가 졸업식에도 못 오는 거 아니야?"

"그럴 수도 있겠다."

"에이, 까짓것 졸업식에 못 오면 어때. 무조건 위로 올라가
서 우승하는 게 중요하지."

"꿈도 크세요."

"아까 관객들 반응 못 봤어? 네 노래를 듣고 우는 사람들도
많았다니까. 옆에 있던 사람들이 그러는데 소름이 끼칠 정도
였다고 하더라."

"자꾸 띄우지 마. 겁난다."

"이제 부모님한테도 이야기해. 너 합격했다는 거 아시면 엄
청 좋아하실 거다."

*　　　　　*　　　　　*

강우진은 서현탁과 헤어져 집으로 돌아와 집 안 청소를 한 후 아버지를 위해 밥을 안치고 반찬을 만들었다.

오디션이 일찍 끝났기 때문에 집에 들어왔을 때 시계는 5시를 조금 넘기고 있었다.

이번에 준비한 것은 김치찌개다.

김치찌개의 레시피는 인터넷에 널리고 널렸으니 준비하는 데 어려움은 없었다.

파김치가 되어 돌아오신 아버지는 강우진이 끓인 김치찌개를 정말 맛있게 먹으며 언제나처럼 연신 너털웃음을 지었다.

엄마인 정숙영과 동생인 강우성이 집으로 돌아온 것은 9시가 조금 넘었을 때였다.

오늘따라 강우성은 평소보다 1시간 일찍 귀가했는데 10시부터 인터넷 방송으로 중요한 강의가 있기 때문이었다.

정숙영이 씻고 나오자 강성두가 대뜸 실없는 소리를 던졌다.

"당신, 오늘따라 예뻐 보이네. 방금 씻어서 그런가?"

"이 사람이 애들 있는데 별소릴 다하시네. 설거지는 그냥 남겨놓으라니까, 내가 한다고 했잖아요."

"그거 우진이가 한 거야. 우진이 덕분에 오늘 저녁 무척 맛있게 먹었어."

"우진이가요?"

"참치 김치찌개를 끓였는데 당신이 한 것보다 훨씬 맛있던 걸."

"호호, 거짓말."

"정말이야."

강성두가 사실이라는 듯 눈을 둥그렇게 뜨고 대답을 하자 정숙영의 얼굴이 강우진에게 돌아갔다.

"우진아, 김치찌개 네가 끓인 거 맞아?"

"인터넷 보고 대충 끓였어요. 아빠가 괜히 그러시는 거예요."

"형, 오늘은 일 안 나갔어?"

강우성이 중간에서 끼어들었다.

수재답게 그의 눈은 언제나 반짝거리며 빛난다.

생긴 것은 딴판이었으나 형제의 우애는 다른 어느 집보다 좋은 편이었기에 강우성은 한 번도 대든 적이 없었다.

"안 나갔어."

"왜?"

"다른 일이 있었어."

"뭔데?"

"그렇잖아도 그것 때문에 말씀드릴 게 있어요."

질문은 강우성이 했으나 강우진의 얼굴은 옆에서 이야기를 듣고 있던 강성두와 정숙영에게 향했다.

그러자 강성두의 얼굴이 긴장으로 물들어갔다.

강우진이 방학을 시작한 후 물류 창고에서 일한다는 걸 아내에게 말하지 않았다.

식당 일로 고생하는 아내가 아들 문제 때문에 고민하고 힘들어하는 것을 원하지 않았기 때문이다.

강성두는 불안했으나 아무것도 모르는 정숙영은 대뜸 궁금증을 나타냈다.

"우리 우진이가 할 말이 뭘까?"

"저 사실 오늘 코리아 스타 오디션을 보고 왔어요."

"코리아 스타? 텔레비전에서 나오는 그거 말이니?"

"네."

강우진이 순순히 인정하자 둥그렇게 둘러앉아 있던 가족들이 전부 황당한 표정을 지었다.

부모였으니 그가 어렸을 때부터 노래를 잘한다는 건 알고 있었다.

하지만 사춘기에 접어들면서 강우진은 그들 앞에서 한 번도 노래를 하지 않았다.

외모가 주는 편견으로 인해 강우진은 살아가는 것조차 힘겨워했기에 아들이 노래를 잘했다는 걸 잊어버리고 살았다.

"그래서 어떻게 됐어?"

"예선에 합격했어요. 그래서 2주 후에 본선에 참가할 수 있게 되었어요."

"우와!"

정숙영이 먼저 탄성을 터뜨렸고 뒤이어 강성두와 강우성이 놀란 눈을 껌뻑이다가 환호성을 질렀다.

"거기 나오는 애들 장난 아닌데. 우리 형 노래 잘하는 건 알았지만 정말 대박이다."

"아무래도 본선에 나가면 텔레비전에 나올 텐데 미리 알고 계시는 게 좋을 것 같아서……."

강우진이 말끝을 흐리자 정숙영이 아들의 등짝을 두들겼다.

그녀는 강우진이 미리 말하지 않은 것에 대해서 서운한 기색이 역력했다.

"넌 도대체… 그걸 지금 말하는 애가 어디 있니!"

"미안해요."

강우진이 고개를 숙이자 지금까지 아무 말 없던 강성두가 나섰다.

"우진아, 그럼 지금까지 늦은 게 그것 때문이냐?"

"예, 아빠."

"일은 계속했고?"

"노래 연습 하는 데 시간 많이 걸리지 않아요. 낮에는 일하고 밤에만 연습했어요."

"하나만 물어보자. 너 가수를 정말 하고 싶은 거니?"

"제가 잘하는 게 그것밖에 없어요. 기회만 된다면 가수가 되서 성공하고 싶어요."

"알았다. 그럼 이제부터 일은 그만둬라. 네가 필요한 건 무조건 아빠가 도와주마."

"그건……."

"아빠 말대로 해. 아빠는 언제나 네 편이다. 나는 네가 꿈을 이룰 수만 있다면 뭐든지 해줄 수 있어. 우진아, 이왕 시작한 거 후회가 없도록 최선을 다해야 되지 않겠니?"

＊　　　　＊　　　　＊

강우진은 강성두의 말대로 일을 그만두었다.

어차피 본선을 시작하면 방송국의 스케줄에 맞춰 움직여야 했고 무엇보다 자신의 꿈을 이루기 위해 마지막 최선을 다하고 싶었다.

무리를 하면 성대결절이 온다는 것을 알았기에 연습을 하면서 속도 조절을 했다.

텔레비전을 보면 무리한 연습으로 성대에 문제가 생겨 제대로 오디션을 보지 못하는 친구들을 여럿 보았다.

서현탁은 강우진이 일을 그만두자 기다렸다는 듯 일을 그만두고 노래 연습장에서 살았다.

그들이 가는 노래 연습장은 낮에 손님이 별로 없었기 때문에 주인에게 사정을 이야기하자 마음껏 이용해도 된다는 허락을 받았다.

무언가에 집중한다는 것은 시간을 잊어버리게 만드는 최면을 건다.

2주의 시간은 금방 지나갔다.

본심은 체조 경기장이 아니라 YCN의 제3공개홀에서 진행되어 내일은 여의도로 가야 했다.

침대에 누웠으나 잠이 오지 않았다.

눈을 감고 잠을 청할수록 자신의 노래를 들은 후 우레와 같은 박수를 보내던 관중들의 모습이 선명하게 떠올랐다.

온갖 스포트라이트를 받으며 우승하는 모습.

상상의 끝은 언제나 자신의 꿈을 이루고 밝게 웃고 있는 장면이었다.

*　　　*　　　*

YK엔터테인먼트의 대표이사 박진웅은 먼저 와서 커피를 마시고 있는 HDS엔터테인먼트의 한대석과 미래와사람의 김정민을 확인하고 활짝 웃음을 지었다.

자신을 포함해서 현재 엔터테인먼트의 삼두마차라고 불리는 그들은 가요계를 완벽하게 장악하고 있는 실세 중의 실세들이었다.

모두 가수 출신으로 회사를 차려 운영하고 있었는데 한대석은 그보다 2살 많았고 김정민은 나이가 같아 친구로 지내는 사이였다.

"형, 오늘 패션 죽이는데. 갈수록 매력적으로 변하시네?"

"젊어서 그래."

"어이구, 형이 젊으면 난 완전히 청춘이야. 이거 왜 이러셔."

"크크크……."

"요즘 섹스는 잘되지? 하긴 요즘 애들은 싱싱해서……."

"인마, 조심해. 기자들이 그렇지 않아도 잡아먹으려고 안달인데 못하는 소리가 없어."

"뭐 어때, 아직 장가도 안 간 총각인데."

박진웅이 한대석의 반응에 풀썩 웃으며 이를 드러냈다.

그들 세 사람은 마흔 살이 넘었지만 모두 결혼을 하지 않았다.

다시 말해서 법적으로 완벽한 총각이란 뜻이다.

그들이 결혼을 하지 않은 결정적인 이유는 누군가에게 얽매어 살지 않겠다는 생각 때문이었다.

엔터테인먼트를 운영하면 싱싱하게 펄떡거리는 애들이 우글
거린다.

그녀들은 손만 내밀면 옷을 벗을 정도로 그들의 손길을 간
절히 기다렸기 때문에 살아가는 것 자체가 기쁨이었다.

공공연한 비밀.

하지만 박진웅과 달리 한대석과 김정민은 호박씨를 까는
스타일이었다.

"너는 그게 문제야. 법적으로는 총각이지만 사람들이 그걸
알면 가만있겠냐. 우리 입조심 좀 하고 살자."

"진웅아, 그런 게 언론에 알려지면 우린 전부 회사 말아먹어
야 해. 형 말이 맞으니까 조심하는 게 좋아."

"내가 바보냐, 우리끼리 있으니까 하는 농담이지. 어이구, 만
나서 반갑다고 한마디 했다가 잘못하면 얻어맞겠네."

박진웅이 엄살을 떨면서 맞은편 안락의자에 앉자 한대석의
눈빛이 바뀌었다.

사석으로는 둘도 없이 친한 사이들이었지만 회사 경영에서
는 최강의 라이벌들이었기에 코리아 스타가 본격적으로 시작
되는 본심에 들어가면 경계심을 늦출 수가 없다.

이곳에서 배출되는 톱5는 대부분 시장에서 성공을 거둬 그
들에게 황금 알을 낳는 거위 노릇을 하기 때문이다.

"방송사에서 준 자료 보니까 이번에는 작년보다 유망주가

많더라. 자원들이 아주 좋아."

"그래? 난 못 보고 와서… 누가 그렇게 좋아?"

거짓말이다.

박진웅도 이틀 전부터 기획실장이 전해준 예선 동영상을 보고 왔다.

그럼에도 못 본 체한 것은 한대석이 누구를 눈여겨보고 있는지 알고 싶다는 이유가 있었기 때문이다.

하지만 한대석도 여우 중의 여우였다.

"진웅아, 넌 인마 그런 거 하지 말라니까. 어차피 나눠 먹을 건데 그렇게 싸가지 없게 나올래?"

"정말이야. 난 바빠서 조금밖에 보지 못했어."

"하여간… 얼굴처럼 뺀질거리기는."

옆에 있던 김정민이 한대석의 편을 들며 초를 쳤다.

친구지만 박진웅의 회사 운영은 자신보다 훨씬 노련해서 업계 탑을 달리고 있었다.

그랬기에 그는 박진웅에게 눈을 돌려 한대석을 바라봤다.

"저도 봤는데 김연정과 최수지, 정성문이 눈에 확 들어오더군요. 형이 본 애들은 누굽니까?"

"걔들도 좋지만 박은정, 성미연, 한수경, 문자영이 좋더군. 송준국이도 괜찮고."

"역시 대석이 형은 비주얼이야. 걔들이 이번 출연자들 중

가장 예쁘잖아."

"넌 안 봤다며!"

"이거 왜 이러서, 선수끼리. 전부 안 봤다고 했지 내가 아예
안 봤다고 했어? 난 우리 기획실장이 가려 뽑아준 것만 보고
왔다니까."

"에라이……."

한대석이 손을 번쩍 들자 박진웅이 피하는 척하면서 유쾌
하게 웃었다.

그 모습에 김정민이 어이없다는 듯 미소를 흘렸다.

박진웅의 장점은 무슨 짓을 해도 미워할 수 없다는 것이었
다. 사람 관계도 마찬가지였다.

자신은 한대석에게 깍듯하게 존댓말을 했지만 박진웅은 격
의 없이 말을 놓고 지냈다.

미소를 짓던 김정민이 불쑥 입을 연 것은 갑자기 뭔가 생각
났기 때문이다.

"참, 진웅아. 너 걔 노래하는 거 봤어?"

"누구?"

"강우진."

"강우진이 누구야. 그런 이름은 처음인데?"

박진웅의 대답에 김정민이 얼굴을 찡그렸다.

거짓말이라고 생각했더니 정말 박진웅은 기획실장이 뽑아

준 유망주들의 비디오만 보고 온 모양이었다.

대답은 오히려 한대석 쪽에서 나왔다.

"강우진 비디오는 내가 봤다."

"형은 어떻던가요?"

"소름이 쫙 끼치더라. 정말 대단했어. 이번 시즌에서 노래로 그놈을 따라갈 사람이 없어. 그놈은 레벨이 달라."

"저도 그렇게 생각합니다. 마지막 고음 부분에서는 정말……."

김정민이 몸을 부르르 떨면서 한대석의 말에 동조를 했다.

그러자 두 사람의 대화를 듣고 있던 박진웅이 소리를 버럭 질렀다.

"도대체 강우진이 누구냐고!"

                    *   *   *

코리아 스타의 담당 PD 나영찬이 심사 위원 대기실로 들어온 것은 박진웅이 궁금증을 참지 못하고 소리를 버럭 지를 때였다.

나영찬이 들어서자 궁금증을 나타내던 박진웅이 언제 그랬냐는 듯 제일 먼저 알은척을 하며 악수를 청해왔다.

처세술의 달인이다.

방송사의 PD, 특히 나영찬처럼 YCN 예능 쪽에서 두각을 나타내는 PD에게는 엔터테인먼트 사장이라 해도 함부로 대하지 못한다.

그것은 나영찬도 마찬가지였다.

현재 가요계는 이들 세 사람이 주무르고 있으니 만약 관계가 틀어지면 당장 프로그램 제작이 어려워질 수 있었다.

공생 관계.

이들 세 사람과 나영찬은 서로간에 줄 건 주고 받을 건 받으며 살아가야 하는 긴밀한 관계에 있었다.

그랬기에 박진웅에 이어 김정민까지 자리에서 일어나 악수를 주고받았다.

"우리 나PD 힘들겠다. 준비하느라 고생 많았지?"

"제가 하는 일인데요, 뭐. 그나저나 한동안 고생하시겠어요."

"매년 하던 일이잖아. 우리한테 도움도 되고."

한대석이 눈을 찡긋하며 너스레를 떨었다.

30대의 나영찬보다 전부 나이가 많았고 오래전부터 알아온 사이였기에 사장들은 편하게 말을 놓고 있었다.

이번에 나선 것은 김정민이었다.

"그런데 PD님께서 직접 왕림을 해주시고 어쩐 일이야?"

"사장님들께서 오셨는데 당연히 인사를 와야죠. 할 말도 있고요."

"할 말?"

나영찬의 말에 세 사람이 동시에 궁금증을 나타냈다.

심사가 시작하는 당일에 담당 PD가 할 말이 있다고 직접 왔다는 것은 뭔가 부탁이 있다는 뜻이다.

그것은 참가자 중에서 고위층 인사의 자식이 있다거나 누군가의 오더가 작동해서 심사에 영향을 줘야 하는 경우를 의미했다.

이런 건 나쁘지 않다.

방송사의 부탁을 들어준다는 것은 그들에게도 언젠가 기회가 오기 때문이다.

그랬기에 한대석이 눈을 빛내며 입을 열었다.

"우리 PD님이 갑자기 정색을 하시니까 겁부터 나는구만. 그래, 뭔지 들어볼까?"

*   *   *

우연일까?

아니면 이것도 자신의 삶에 얽혀 있는 일부일까?

코리아 스타의 본선이 시작되는 날은 강우진이 다니는 청석 고등학교의 졸업식이 있는 날이었다.

학교에 목숨을 걸었던 것도 아니었고 언제나 되새기며 그 아름다웠던 시절을 회상할 수 있는 추억을 만든 것도 아니었으나 막상 졸업식에 가지 못한다는 사실이 현실로 다가오자 아쉬움이 남았다.

그럼에도 강우진은 아침 일찍 일어나 방송국으로 향했다.

졸업식보다 꿈을 이루기 위한 도전이 훨씬 중요하다.

무작정 따라온다며 설치던 서현탁을 간신히 달래서 졸업식으로 보냈다.

놈은 졸업식보다 강우진의 오디션이 더 중요하다면서 막무가내였지만 본심은 생방송이 시작할 때까지 참가자들만 참여할 수 있다는 말을 하자 아쉬워하는 얼굴로 고개를 끄덕였다.

방송국 경비원에게 코리아 스타에서 나눠준 합격증을 제시한 후 제3공개홀로 올라가자 꽤 많은 사람이 먼저 와 있는 것이 보였다.

예선을 통과해서 본심에 오른 사람의 숫자는 정확하게 백 명이었다.

그 백 명 중에 정확하게 30%인 30명이 1차 심사에서 탈락의 고배를 마시고 집으로 돌아가야 한다.

제3공개홀에 모인 사람들은 선남선녀가 따로 없었다.

예선을 통과해서 올라온 여자들은 전부 늘씬하고 예뻤으며 남자들도 그에 못지않았다.

주욱 시선을 돌려 동류를 찾았다.

이런 장소에서 자신과 비슷한 처지에 있는 사람을 찾는 것은 본능적인 행동이었다.

많지는 않았지만 군데군데 숨어 있는 사람들이 발견되었다.

숫자는 대충 20여 명 되었으나 그들은 자신의 외모가 떨어지는 것에 위축되었던지 구석 자리에서 조용하게 앉아 있었다.

외모가 다른 사람들에 비해 떨어짐에도 이 자리에 올 수 있었다는 건 그들이 가지고 있는 기량이 대단하다는 걸 의미했지만 그들은 외모에 대한 시선을 견뎌내기 힘들어하는 것처럼 보였다.

그것은 자신도 마찬가지였다.

대기실에 들어서는 순간부터 사람들의 시선이 자신에게서 벗어나는 것을 느꼈다.

한두 번 당하는 것이 아니었음에도 가슴이 서늘해져 마치 정해진 것처럼 구석에 비어 있는 차리를 찾아가 앉았다.

참가자들이 대기하는 장소는 침묵에 젖어 있었다.

공개홀에 잔뜩 퍼져 있는 긴장감이 강우진의 가슴을 짓눌러 왔다.

10시가 되자 스태프가 나와 참가자들의 앞에 서서 앞으로 벌어지는 오디션 일정을 설명해 나갔다.

중요 내용은 이미 들은 것과 다를 바 없다.

1차 심사로 30명이 탈락하고 2차 심사에서 추가로 30명이 집으로 돌아가야 했으며 마지막 남은 40명이 기획사의 선택을 받아 합숙을 통해 트레이닝을 받는 일정이었다.

당장 오디션을 시작하는 건 아니었다.

방송국에서는 3일 동안 참가자들이 부를 노래와 반주를 맞추는 연습 시간을 주었는데 강우진은 반주로 피아노를 선택해서 연습을 했다.

드디어 3일이 끝나고 운명의 날이 다가왔다.

오디션 시작을 알리는 멘트와 함께 심사 위원으로 내정된 기획사의 사장들이 들어와 자리에 앉고, 여기저기서 카메라의 불빛이 환하게 들어오자 참가자들의 입술이 바짝바짝 말라갔다.

여기, 이곳에서 그들의 꿈이 결정 날 테니 당연한 일일 수밖에 없었다.

15,000명의 경쟁을 뚫고 예선전마저 통과한 참가자들의 기량은 입이 떡 벌어질 정도로 대단했다.

노래를 부르는 사람들이 대부분이었지만 상당수의 참가자는 춤과 노래를 병행했다.

그런 사람들을 평가해 나가는 심사 위원들의 멘트는 단호했고 조금의 약점도 허락하지 않았다.

하지만 극찬을 받으며 단숨에 합격 통보를 받은 사람들도 20여 명이 넘었다.

그들은 강우진의 눈으로도 다른 사람들과 확연히 차이 날 만큼 대단한 기량을 가져 참가자들의 탄성을 불러일으켰기에 당연한 것으로 여겨졌다.

드디어 강우진의 차례가 다가오자 참가자들 사이에서 술렁거리는 소리가 새어 나오는 게 들렸다.

이곳에는 서울 지역 예선에 참가했던 사람들이 과반수를 차지했기 때문에 예선에서 강우진이 보여주었던 노래를 기억하고 기대에 찬 눈으로 무대를 바라보았다.

괴물 보컬.

그들의 웅성거림 사이에서 새어 나온 대화였지만 강우진은 그 소리를 듣지 못했다.

긴장감으로 손이 미끄러질 정도로 땀이 새어 나왔고 막상 무대에 서자 아무것도 보이지 않았다.

"안녕하세요. 참가 번호 47번 강우진입니다."

"강우진 군은 이번에 고등학교를 졸업하나요?"

"그렇습니다."

"졸업식은 했습니까?"

"오늘이 졸업식인데 오디션에 오느라 참석하지 못했어요."

질문을 했던 한대석의 표정이 강우진의 답변에 슬쩍 변했다.

그러나 그는 금방 표정을 숨기고 말을 이어나갔다.

"아쉽겠네요. 그럼 노래를 들어봅시다. 오늘 부를 노래는 뭡니까?"

"바람기억입니다."

"나얼의 바람기억 말입니까?"

"예."

"기대되는군요. 시작하죠."

한대석은 더 이상 질문을 하지 않았고 다른 두 사람은 아예 입조차 떼지 않았다.

피아노의 선율이 울려 퍼지고 강우진의 입에서 바람기억의 첫 소절이 흘러나왔다.

심사 위원들의 입이 떡 벌어진 건 오래 걸리지 않았다.

나얼의 바람기억은 박효신의 야생화 못지않게 기성 가수들에게조차도 금지곡으로 악명이 높은 노래였다.

그러나 그 노래에 담겨 있는 슬픔과 격정은 바람기억을 명곡 중의 명곡으로 손꼽히게 만들 만큼 깊은 감성을 지니고 있었다.

강우진의 노래가 진행될수록 심사 위원들은 물론이고 참가자들의 숨소리도 멎어버렸다.

그리고 절정부로 진행되자 기어코 사람들의 눈에서 눈물이 흐르기 시작했다.

그들은 자신이 어디에 있는지 잊어버린 것 같았다.

팽팽한 긴장감을 지닌 채 꿈을 이루기 위해 이 자리에 와 있던 참가자들은 강우진이 폭풍처럼 쏟아내는 전율의 고음과 가슴 아픈 감성을 견디지 못하고 눈물을 쏟았는데 대부분 눈을 제대로 뜨지 못하고 있었다.

본선이었지만 100명에 달하는 참가자를 소화하기 위해서 심사 위원들은 지금까지 전곡을 허락한 적이 없었다.

최고의 분석력을 지닌 기획사 사장들에게 1차 합격자를 가려내는 건 1절로도 충분했기 때문이다.

하지만 한대석은 물론이고 나머지 두 사람도 넋을 잃은 채 강우진의 노래를 멈추지 못했다.

아니, 그 정도가 아니었다.

박진웅은 입을 벌린 채 두 눈을 부릅뜨고 있었는데 마치 귀신을 본 것 같은 표정이었고, 김정민은 떨어지는 눈물을 참아내느라 안간힘을 쓰고 있었다.

노래가 끝나자 무거운 정적만이 찾아왔다.

이번에는 예선 때와 달리 아예 박수조차 나오지 않았다.

그것은 심사 위원들도 마찬가지였다.

참가자가 노래를 끝냈을 때 기다렸다는 듯 즉시 마이크를 들던 심사 위원들은 한동안 행동을 멈춘 채 아무것도 하지 않았다.

충격.

그래, 맞다.

이것은 노래라는 감동의 무기가 전해준 충격이 틀림없었다.

제5장
유전자 성형

한동안의 침묵을 깨고 먼저 마이크를 잡은 사람은 한대석이었다.

지금까지는 대부분 성격이 급한 박진웅이 먼저 마이크를 잡았지만 이번만큼은 한대석의 행동이 훨씬 빨랐다.

노련미다.

사업 수단에 대한 것은 박진웅이 그보다 더 뛰어났지만 사람을 대하는 노련함과 상황을 읽는 판단력은 그가 오히려 더 낫다.

HDS가 YK에 밀리지 않고 업계 탑을 다투는 이유였다.

한대석이 먼저 마이크를 잡은 이유는 박진웅이 초를 칠지도 모른다는 조바심 때문이었다.

박진웅은 가끔가다 상황에 어울리지 않는 짓을 벌이곤 했다.

예술에 대한 욕심.

박진웅은 전형적인 히트 가수였고 노래에 대한 열정이 대단해서 좋고 나쁨에 대한 기준이 명확한 사람이었다.

그랬기에 그는 담당 PD의 말을 무시하고 엉뚱한 짓을 벌일지도 몰랐다.

"강우진 군, 노래 잘 들었습니다. 그런데 고음 부분에서 두성이 많이 흔들리는군요. 두성은 성대 피막이 탱탱함을 갖고 그곳에 호흡의 양과 압력, 강도로 음색을 조율하면서 성대의 위치를 느껴 원하는 소리를 만들어내야 하는데 강우진 군은 그런 부분에서 많이 부족한 것 같습니다. 아쉽습니다."

전문적인 용어들이 그의 입에서 튀어나왔다.

강우진의 노래에 흠뻑 젖어 있던 참가자들은 심사 위원들이 극찬을 할 것이라는 예상을 하고 있다가 놀란 눈으로 한대석의 심사평을 들었다.

이제 막 노래를 시작한 사람들의 귀에 그의 심사평은 외계어나 다름없는 것이었다.

전문적인 공부를 하지 않았다면 전혀 알아들을 수 없는

말들.

그러나 하나는 확실하다.

한대석은 강우진의 노래에 문제가 많다는 것을 지적하고 있었다.

기다렸다는 듯 다음으로 마이크를 잡은 사람은 김정민이었다.

강우진의 노래에 눈물마저 찍어내던 그는 어느새 냉정한 얼굴로 변해 차가운 목소리를 토해내기 시작했다.

그의 입에서 나온 것은 한대석의 심사평에 어쩔 줄 모르고 서 있던 강우진의 가슴을 갈가리 후벼 파고 있었다.

"강우진 군은 이제 막 노래를 시작하는 신인입니다. 너무 과한 기교를 부려 억지로 사람을 감동시키려는 나쁜 버릇이 있군요. 신인은 신인다워야 합니다. 신인이 기성 가수처럼 함부로 감정을 넣으면 기본이 무너지고 지금처럼 이도 저도 아닌 노래를 하게 되는 거죠. 처음 듣는 사람들은 강우진 군이 엄청 노래를 잘한 것처럼 보였겠지만 여기 계신 저나 심사 위원들의 눈에는 겉멋만 잔뜩 든 것으로 보였습니다. 발성은 좋았고 음정도 좋았지만 한계가 느껴지는 노래였습니다. 앞으로 더욱 정진하길 바랍니다."

그는 심사평을 그치면서 여지없이 한대석처럼 탈락 버튼을 눌렀다.

박진웅은 두 사람이 심사평을 하는 동안 눈을 지그시 감고 아무 말도 하지 않다가 김정민이 탈락 버튼을 누르는 순간 눈을 번쩍 떴다.

그런 그의 어깨를 한대석이 슬쩍 건드렸다.

이제 네 차례인 것처럼 모션을 취했으나 의미가 잔뜩 담긴 행동이었다.

"별로 할 말이 없군요. 저도 두 분의 의견과 같습니다. 아쉽습니다."

한대석을 잠시 동안 물끄러미 바라보던 박진웅마저 탈락 버튼을 누르자 참가자들 사이에서 웅성거리는 소리가 새어 나왔다.

이렇게 심사 위원 전원이 탈락 버튼을 누른 것은 불과 7명에 불과했기 때문이다.

무대에서 강우진이 울 것 같은 표정으로 서 있는 걸 본 박진웅의 시선에 그늘처럼 진 안타까움이 짙게 깔려 나왔다.

그러나 그는 끝내 아무 말도 하지 않고 강우진이 휘청거리면서 걸어 나가는 걸 지켜볼 뿐이었다.

*　　　　*　　　　*

심사 위원들 전원이 탈락 버튼을 누르는 걸 확인한 후 강우진은 구름을 걷는 것처럼 허망한 걸음으로 무대를 빠져나왔다.

연습한 것 이상으로 최선을 다해 불렀다.

스스로 만족한 것은 아니었으나 목 상태를 아끼면서 준비했기 때문에 노래가 지닌 감성 속으로 흠뻑 빠져들어 마지막까지 음정과 감정에 충실할 수 있었다.

그러나 심사 위원들의 평은 냉혹 그 자체였다.

두성의 발성이 어쩌고 하는 전문적인 평은 아예 알아듣지 못했고 억지로 감정을 넣었다는 얘기조차 이해할 수 없었다.

자신은 그저 노래 속으로 빠져들어 불렀을 뿐이었으나 그들은 자신이 엄청난 잘못을 저지른 것처럼 난도질을 해댔다.

끝났구나, 나의 꿈이.

탈락자가 나서는 문을 열고 밖으로 나온 강우진의 눈에서 스르륵 눈물이 흐르기 시작했다.

그리 길지 않은 삶을 살아오면서 요즘처럼 행복한 적은 없었다.

무언가 꿈을 꾸며 산다는 것이 이렇게 즐겁고 행복한 것이란 걸 예전엔 알지 못했다.

남은 인생을 이렇게만 살 수 있다면 어떠한 고난과 고통도 이겨낼 수 있을 것 같았다.

그러나 그 꿈이 단 한순간에 깨어지자 행복은 순식간에 사라지고 무한한 좌절감과 고독이 밀려왔다.

지금까지 겪어왔던 그 어떤 슬픔보다 힘겨워하는 눈물이 끝없이 흘러나왔다.

사는 것… 참, 지랄 맞구나.

*   *   *

박진웅은 강우진이 퇴장하자 사회자에게 잠시 휴식을 하자는 사인을 보내고 급히 자리에서 일어나 공개홀을 빠져나왔다.

그런 후 빠른 걸음으로 복도 반대쪽에 있는 탈락자 퇴장문 쪽으로 움직였다.

10년 전 코리아 스타란 프로그램에서 섭외가 온 것은 그가 막 YK엔터테인먼트를 설립해서 걸 그룹 '미라클 걸'을 빅히트 시켰을 때였다.

'미라클 걸'이 불렀던 'DREAM'은 전 국민이 따라 부를 정도로 엄청난 히트를 쳐서 단숨에 YK엔터테인먼트를 반석 위에 올려놓았다.

그는 YCN의 PD로부터 '코리아 스타'의 콘셉트를 설명 들은 후 두말없이 출연을 허락했다.

타고난 사업가의 기질이 작용되었기 때문이다.

회사로 찾아오는 가수 지망생은 많았지만 물건을 찾기가 쉽지 않았다.

그중 괜찮은 애들을 가려 뽑아 연습생으로 받아들였으나 기본이 충실하지 않았기 때문에 트레이닝 비용이 만만치 않게 들어갔고 데뷔를 시켜도 대중들의 반응이 시원치 않았다.

그런 와중에 전해 들은 '코리아 스타'는 그에게 하늘에서 툭 하고 떨어진 행운이나 다름없는 것이었다.

지난 9년 동안 '코리아 스타'를 통해 발굴한 인재들은 지금 YK엔터테인먼트의 주력으로 성장해서 그에게 매년 엄청난 돈을 선물해 주고 있었다.

그는 물론이고 지금 공개홀에 남아 있는 기획사의 사장들은 스타를 발굴해 내는 눈이 박쥐처럼 발달되어 있는 사람들이었다.

그랬기에 그들 역시 '코리아 스타'를 통해 수많은 스타를 배출해서 회사의 수익을 올리고 있었다.

'코리아 스타'에 출연한 참가자의 나이는 처음보다 훨씬 어려져서 최근 몇 년 동안은 20대 중반조차 찾아보기 힘들 정도였다.

기본이 탄탄한 놈들을 찾아내서 스타로 만들어가는 과정은 그들로부터 들어오는 수입 못지않게 즐거운 것이었다.

아직 어리기 때문에 살이 찐 애들도 있었고 외모가 떨어지는 경우도 많았지만 시즌이 거듭되면서 탁월한 외모를 지닌 학생들이 대거 참여했다.

스타라는 것은 외모로 결정되는 것이 아니었다.

아무리 탁월한 외모를 지녔다 해도 가창력이 뒷받침되지 않는다면 금방 대중들에게 잊혀 버린다.

반대로 아무리 뛰어난 가창력을 지녔어도 지금 그가 찾고 있는 강우진 같은 경우라면 더욱더 어렵다.

요즘 시대는 비주얼의 시대였고 사람들은 무조건 예쁘고 잘생긴 친구들을 찾기 때문이다.

오래전 과거에는 얼굴이 못생겨도 타의 추종을 불허하는 가창력을 가졌다면 인기를 얻은 적이 있었다.

그러나 사는 게 점점 각박해지고 사회생활에 스트레스를 받은 대중들은 가수가 아니라 우상을 원하게 되면서 외모가 떨어지는 가수는 아예 기회조차 상실하게 되었다.

지금의 강우진처럼 말이다.

*　　　　*　　　　*

"강우진!"

힘없는 걸음으로 복도를 걸어 나가던 강우진은 불현듯 들려온 고함에 고개를 돌렸다.

복도 저편에서는 전혀 예상하지 않았던 사람, YK엔터테인먼트의 박진웅이 빠른 걸음으로 다가오고 있었다.

너무 놀라 걸음을 멈추고 그가 오기를 기다렸다.

이미 탈락한 마당에 그가 다가오는 이유가 전혀 짐작되지 않았다.

박진웅의 얼굴은 완벽하게 굳어져 있었는데 강우진의 앞에 선 후에 한참 동안 얼굴만 뚫어지게 쳐다보았다.

먼저 입을 연 것은 강우진이었다.

떠듬거렸지만 강우진이 입을 연 것은 자신을 물끄러미 바라보는 박진웅의 행동이 너무 의아했기 때문이다.

"무슨… 일이세요?"

"미안하다."

"네?"

"미안하다고, 인마!"

작지만 강한 목소리가 박진웅의 입에서 새어 나왔다.

사람의 심장을 누르는 듯한 그의 목소리. 그 목소리에는 진정으로 미안한 감정이 담겨 있었다.

"사장님이 왜 저에게……"

"너는 정말 노래를 잘했다. 내가 지금까지 코리아 스타를 심사하면서 들어본 놈들 중 네 노래는 최고였다. 아니, 그 정도가 아니야. 너는 대한민국 최고의 가수가 될 수 있는 역량이 넘치는 놈이다. 내가 여기 온 것은 그걸 말해주고 싶었기 때문이다."

"그런데 왜 저를 떨어뜨리셨나요?"

"그건……."

*　　　　*　　　　*

집에 돌아오는 길은 지독히도 외로웠다.

결국 그가 탈락한 이유는 외모 때문이었다.

박진웅은 기획사가 뽑는 기준이 어떻고 방송사가 원하는 출연자의 조건 등에 대해서 애써 돌려 말했지만, 결국은 그의 외모가 너무 형편없기 때문에 떨어뜨렸다는 것이었다.

너무 슬프니 웃음이 나왔다.

버스를 탔을 때도 그랬고 버스에서 내려 집으로 돌아오는 길에서도 마찬가지였다.

마치 미친것처럼 자신 속에 들어 있는 분노가 웃음을 만들어내고 있었다.

웃음 속에서 죽음이 떠올랐다.

지금까지 살아오면서 3번의 자살 시도를 했다.

한 번은 초등학교 때였고, 두 번은 중학교 때였다.

어린 나이에 겪었던 외모의 편견을 깨부수는 것은 오직 죽음뿐이라는 생각이 들었다.

그러나 고등학교에 들어오면서부터는 힘들었지만 이를 악물고 참고 견뎌 나갔다.

자살 시도를 할 때마다 제대로 울지조차 못하고 자신을 바라보던 부모님의 억눌린 슬픔은 더하면 더했지 결코 자신보다 못하지 않았다.

이렇게 태어난 걸 부모님은 당신들의 잘못으로 생각하며 강우진에게 끝없이 미안하다는 말을 했다.

그랬기에 마지막 자살 시도를 끝으로 더 이상 바보 같은 짓은 하지 않았는데 오늘 그 결심이 흔들리기 시작했다.

수많은 갈등과 수많은 좌절의 상처가 강우진의 가슴과 뇌를 번갈아 할퀴며 그의 걸음을 허공에 떠돌게 만들었다.

이제 끝내고 싶다는 유혹.

그 유혹은 지겹도록 처절하게 강우진을 사로잡고 있었으나 넘어가지 않기 위해 몸부림을 쳤다.

자신이 죽었을 때 괴로워할 가족들의 아픔은 상상하고 싶지 않을 만큼 슬픈 것이었다.

얼마나 걸었을까.

문득 희미해졌던 정신이 돌아왔다.

고등학교 3년 내내 걸어왔던 익숙한 길. 그의 정신이 돌아온 것은 그 길의 한가운데서 그가 간절하게 원했던 것을 봤기 때문이다.

'미성연구소'.

거대한 문에 달려 있는 웅장한 글씨.

그리고 그 밑으로 이제 몇 장 남지 않은 전단지가 보였다.

그것은 대한민국을 넘어 세계 최고를 지향하는 유전자공학의 총아, 미성연구소에서 유전자 성형에 대한 임상 실험 지원자를 모집한다는 광고였다.

                    *   *   *

미성연구소.

국내 최대의 유전자공학 메카로서 대한민국 최초로 노벨화학상을 수상한 정석우 박사가 원장으로 있는 곳이었다.

정석우 박사는 대한민국이 배출한 유전자공학 분야의 석학으로서 15년 전 소의 분만 개체수를 증가시킨 '동물의 다중수정에 관한 연구'가 세계 최고의 과학 논문 저널 '사이언스', '네이처', '셀'에 동시에 기고되며 엄청난 반향을 불러일으켰고, 'DNA 염기재배열에 의한 당뇨병 치료법 개발'이 상용화되면서 결국 10년 전 노벨 화학상을 수상하는 영광을 얻었다.

정부에서는 그에게 과학기술 훈장을 수여함과 동시에 국내최고의 연구원으로 구축된 연구소를 개원해서 그가 마음껏 연구에 매진할 수 있도록 조치했는데 그것이 바로 미성연구소였다.

국민들은 그가 노벨 화학상을 수상하자 엄청난 반응을 보이며 자랑스러워했다.

더군다나 수상한 분야가 현재 지구상에서 가장 핵심 기술로 여기는 유전자공학 분야였기 때문에 국민들이 느끼는 자긍심은 뜨거울 수밖에 없었다.

하지만 대한민국 국민들은 물론이고 전 세계의 과학자들조차 모르는 것이 있었다.

정석우 박사가 20여 년 동안 꾸준히 연구한 진짜 분야는 신의 영역에 해당한다는 유전자 변형에 관한 부문이었다.

노벨 화학상을 수상하도록 만들어준 논문들은 유전자 변형을 연구하면서 얻어진 부속물에 불과했을 뿐, 현재 그가 연구하고 있는 논문들은 발표되었을 때 지구가 발칵 뒤집혀질 정도로 충격적인 것이 많았다.

유전자 변형의 주 내용은 인간의 몸속에 들어 있는 DNA를 조작해 작게는 각종 질병을 치료하는 것부터 크게는 새로운 인간으로의 개조까지 포함되는 것이었다.

이것은 지금까지 수많은 유전자공학자가 도전했지만 성과를 이루지 못한 채 벽에 가로막혀 있는 미지의 세계였다.

정석우 박사가 이끄는 미성연구소의 인원은 200명에 달했다.

하지만 정석우 박사와 직접 밀착되어 유전자 변형을 연구하는 숫자는 30명에 불과했는데 아이비리그 및 유전자공학으로 유명한 워싱턴 대학, 시카고 대학 출신의 인재들이었다.

그들이 뛰어난 유전자공학 기술을 지닌 미국과 유럽의 선진국들을 벗어나 대한민국으로 몰려든 것은 정석우 박사 밑에서 배우고 싶다는 열망 때문이었다.

그만큼 정석우 박사의 명성은 세계 최고의 권위를 자랑하고 있었다.

                    *   *   *

"어제는 일요일이었는데 잘들 쉬었나?"

"오랜만에 푹 쉬었습니다."

청바지에 노타이 차림의 정석우 박사가 커피를 마시며 묻자 각 분야의 팀장들이 활짝 웃으며 대답했다.

그의 앞에 있는 팀장들의 숫자는 모두 셋.

역전사효소 팀의 이병권, 염기재배열 팀의 황만희, 유전자성형 팀의 정세희가 그들이었다.

역전사효소 팀은 각종 바이러스를 연구해서 인간의 질병을 원천 차단하는 연구를 했으며, 염기재배열 팀은 인간 DNA의 성질 분석을 통해 DNA가 인간에 미치는 영향을 연구하는 팀이었다.

그러나 정석우 박사가 가장 중요하게 생각하고 있는 것은 유전자 성형 팀이었다.

유전자 성형 팀은 정석우 박사가 지금까지 연구해 왔던 모든 기술이 복합적으로 반영되어 결과로 추출되어지는 최종 단계의 연구였다.

식물의 성장으로 따지면 역전사효소 팀과 염기재배열 팀이 기초 영양분을 제공하는 뿌리라면 유전자 성형 팀은 그 영양분을 먹고 자란 열매나 다름없었다.

이들이 매주 월요일마다 모이는 것은 전주의 성과와 금주의 계획을 보고받고 지시하는 주간 회의를 정석우 박사가 주관하기 때문이었다.

팀장들의 보고가 진행되는 동안 지시를 내리던 정석우 박사는 시간이 지나 유전자 성형 팀의 정세희가 보고를 시작하자 굳게 입을 다물었다.

정세희는 30대 후반이며 도회적인 실테 안경을 썼는데 캠브리지대 출신으로 아들이 둘이나 있는 유부녀답지 않게 매혹적인 몸매를 가진 여자였다.

"원장님, 아무래도 이번 실험은 실패인 것 같습니다. 이론은 완벽하지만 실험자 중 그 누구도 변형 DNA를 받아들이지 못하고 있어요."

"자네가 봤을 때 원인은 뭐라고 생각하나?"

"실험자들의 DNA가 거부반응을 일으킨 것으로 추정됩니다. DNA 투입 후 1단계 탈락자가 70%, 2단계 탈락자가 30%였어요. 더군다나 그들은 피부 발진 및 가려움증, 발열과 두통 증세까지 겪었고 어떤 실험자들은 불면과 혈변 증세까지 있었어요. 과기부와 식약청이 눈을 감아줘서 다행히 넘어갔지만 이대로 계속 실험을 진행한다면 우리 연구소는 치명적인 타격을 입게 될 거예요."

"언론은 어떤가?"

"언론은 우리 편을 들고 있어요. 원장님이 하시는 연구에 대해서 워낙 커다란 기대를 가지고 있기 때문에 가급적 비난을 자제하는 분위기예요. 하지만 몇 군데는 문제가 커지니까 보도를 시작했어요."

"반응은?"

"국민들 반응은 다행스럽게 크지 않아요. 인터넷을 통해 퍼져 나가는 속도가 극히 느린 걸 보면 국민들은 여전히 우리 연구소와 원장님을 믿고 있는 것 같아요."

"휴……."

정세희의 보고에 정석우 박사가 짙은 한숨을 뿜어냈다.

국민들의 기대.

정말 부담스러운 일이 아닐 수 없었다.

만약 미성연구소와 그가 벌인 일이 아니었다면 아마 정부와 국민들은 난리가 났을 것이다.

돈을 미끼로 임상 실험자들을 모집해서 검증되지 않은 변형 DNA를 투입했고, 그 결과 300명에 가까운 사람들의 건강을 해치게 만든 건 법적으로 문제가 없다 해도 비난을 받아 마땅한 짓이었다.

자신의 연구는 이론적으로 명확했고 동물들에게 투입해서 완벽한 성과를 얻어냈으나 막상 사람에게 투입하자 엄청난 부작용이 발생되었다.

지금까지 실험에 참가한 숫자는 모두 합해 300명으로 그중 변형 DNA 주사액을 맞은 후 온전한 사람은 하나도 없었으니 완벽한 실패가 분명했다.

다행스럽게 1단계에서 그친 사람은 2주 정도 지나면 증세가 호전되어 정상으로 돌아왔지만 2단계까지 간 사람은 한 달 정도 병상에 드러누워 일어서지 못했다.

그랬기에 그의 얼굴은 어두워질 대로 어두워졌고 깊은 골을 만든 채 침묵 속에 잠겨 있었다.

정석우 박사의 입이 다시 열린 것은 보고를 마친 정세희가 눈치를 보면서 커피 잔을 만지작거릴 때였다.

"정 박사, 더 이상 사람들에게 실험을 하는 건 중지해. 7단계 중에서 2단계조차 통과한 실험자가 아무도 없다는 건 우리 연구에 치명적이 오류가 있다는 걸 증명하는 거야."

"무려 13년 동안 해온 연구였어요. 원장님, 괜찮으시겠어요?"

"어쩌겠나. 처음부터 이 연구는 신에 대한 도전이었어. 지금은 신께서 허락하지 않으실 모양이야. 아무래도 더 많은 시간과 정성을 원하시는 것 같구만."

"죄송해요."

"이건 누구의 잘못도 아닐세. 그러니 너무 안타까워하거나 힘들어하지 않았으면 좋겠네. 아직 우리에겐 시간이 많이 남았으니 다른 성과부터 내면서 천천히 고민해 보세."

"…그럼 오늘부터 임상 실험은 중지토록 하겠습니다."

*　　　　*　　　　*

강우진은 열려 있는 미성연구소 문으로 주저 없이 들어섰다.

경비를 맡고 있는 수위는 임상 실험자를 모집한다는 전단지를 보여주자 더 이상 묻지 않고 1층 기획 팀으로 가보라는 안내를 해줬다.

그의 말대로 기획 팀은 1층으로 들어서자 바로 보이는 곳에 있었다.

서류 작성은 아주 간단했다.

담당자는 수도 없이 해본 것처럼 또박또박 주의 사항에 대해서 설명해 줬는데 대부분 부작용이 있어도 연구소는 책임지지 않는다는 것이었다.

기분이 꺼림칙했다.

단 한 번의 주사를 맞는데 무려 30만 원이란 큰돈을 주는 것 자체가 이상했고 부작용에 대해서 반복적으로 떠드는 여직원의 그늘진 눈매가 어둠을 담고 있었다.

그럼에도 강우진은 아무런 말도 없이 여직원이 안내해 주는 곳을 향해 걸어갔다.

죽을 생각까지 한 자신이 무슨 짓을 못 하겠는가.

임상 실험실이라 써진 곳으로 들어서서 5분 정도 기다리자 30대 초반의 사내가 들어왔다.

나른한 태도.

연구원을 나타내는 하얀 가운에는 안수형이란 이름이 적혀 있었다.

그의 얼굴에는 짜증이 잔뜩 담겨져 있었는데 실험자에게 주사를 놔야 하는 자신의 처지가 마음에 들지 않은 모양이었다.

"기획 팀에서 주의 사항 들으셨죠?"

"예, 들었습니다."

"어디 보자… 19살이군요. 고등학교는 졸업했습니까?"

"했습니다."

"그렇다면 법적으로 문제는 없고. 내가 시간이 없으니까 바로 시작합시다. 상의 탈의 하시고 저 침대에 누우세요. 주사를 맞는 데 5분 정도 걸릴 겁니다."

사내의 지시에 따라 강우진은 외투와 셔츠를 벗고 팔을 뻗은 채 침대에 누웠다.

수액 주사처럼 노란 색깔의 액체.

안수형은 냉장고에서 비닐봉지를 꺼낸 후 손으로 한동안 비비다가 강우진이 누워 있는 침대로 다가와 미리 꺼내놓은 주사기로 노란 액체를 빨아들여 강우진의 오른쪽 팔뚝에 투입했다.

반복적인 행동. 마치 기계처럼 움직인 안수형은 처음과 같은 행동으로 왼쪽 팔뚝까지 주사액을 투입했는데 얼른 마치고 돌아가려는 듯 움직임이 급했다.

문이 벌컥 열리며 정세희가 들어온 것은 안수형이 막 왼쪽 팔뚝에서 주사기를 뽑을 때였다.

"뭐 하는 짓이야. 그만둬!"

임상 실험실에 들어온 정세희의 얼굴은 하얗게 질려 있었다.

세상을 살다 보면 이렇게 악연이 겹쳐서 생기는 경우도 있는 모양이었다.

아침부터 연구 결과를 정리하느라 눈코 뜰 새 없이 바빴고 오후가 되어서는 원장주재회의에 참석하느라 연구실을 비웠는데 자신도 모르는 사이 새로운 임상 실험자에게 변형 DNA가 주입되고 말았다.

사고를 친 안수형은 목요일부터 휴가를 갔다 왔기 때문에 사무실의 분위기를 미처 파악하지 못한 게 분명했다.

저절로 한숨이 새어 나왔다.

사회적으로 문제가 되고 있는 임상 실험이 추가적으로 시행되었다는 걸 정석우 박사가 알게 된다면 분명 싫은 소리를 듣게 될 것이다.

하긴 그건 아무것도 아니다.

정석우 박사는 그녀를 딸처럼 여겼기 때문에 잔소리 정도 듣는 건 아무것도 아니었다.

그녀가 우려하고 있는 것은 미성연구소 주변을 감시하고 있는 언론 기자들이었다.

정석우 박사가 걱정하는 것이 싫어서 축소 보고를 했지만 각 언론의 과학 분야 기자들은 미성연구소가 시행하고 있는 임상 실험의 실패에 관해서 점점 깊게 파고드는 중이었다.

세계 최고의 권위를 자랑하는 미성연구소가 사람의 건강까지 해치는 임상 실험을 3개월이나 지속했고 300명이 부작용을 일으켜 치료를 받았다는 건 그들에게 특종 중의 특종이 될 터였다.

그들이 직접적으로 치고 들어오지 못한 것은 대한민국 전체가 미성연구소에 거는 기대를 너무나 잘 알기 때문이지 결코 인체 실험에 생긴 부작용을 용인해서가 아니었다.

만약 여기서 또 다른 희생자가 발생되어 사망이라도 한다면 그녀를 비롯해서 정석우 박사까지 커다란 곤란에 빠지게 될 것이다.

안수형은 갑자기 들어온 팀장이 잔뜩 화난 목소리로 소리를 치자 두 눈을 휘둥그레 떴다.

최근 3개월 동안 계속 시행해 오던 임상 실험이라 기획 팀 여직원의 연락을 받고 아무런 생각 없이 시행했는데 마치 죽을죄를 진 것처럼 팀장이 부들부들 떨어대자 주사기를 든 채 어쩔 줄 몰라 했다.

"팀장님… 무슨 일이십니까?"

"실험 중단하라는 말 못 들었어?"

"저는 그런 말 듣지 못했습니다."

"알았어. 나가봐."

"예."

안수형이 무슨 일인지 물어보지 못하고 주춤거리며 실험실을 빠져나갔다.

워낙 그녀의 분위기가 살벌했기 때문인데 정세희는 안수형이 나가자 언제 그랬냐는 듯 부드러운 표정으로 얼굴을 바꾼 채 강우진을 향해 다가왔다.

"언제 왔죠?"

"30분 전에 왔어요. 그런데 실험을 중단하라는 건 무슨 말이에요?"

"우리 연구소에서는 이번 실험이 실패했다는 결론을 내렸어요. 그동안 많은 사람에게 임상 실험을 했지만 성공한 적이 한 번도 없거든요."

"아… 예."

"그리고……."

정세희가 말을 이으려다 멈추고 강우진의 얼굴을 바라봤다.

계속 쳐다보기 부담스러운 얼굴.

그동안 그녀가 확인한 결과 임상 실험을 위해 찾아온 사람들은 대체적으로 두 부류였다.

하나는 용돈을 벌기 위해 온 사람들이었고, 또 하나는 지금 여기 있는 친구처럼 외모에 콤플렉스가 있는 사람들이었다.

하지만 용모가 극히 떨어지는 사람은 그중에서 20%가 되지 않을 정도로 적었는데 강우진은 그중에서도 최악의 외모를 가지고 있었다.

"우리 직원들에게 무슨 소리를 들었죠?"

"제가 들은 건 별로 없어요. 아… 저쪽 사무실에 있던 여직원이 실험을 했을 때 부작용이 있을지도 모른다는 말을 해줬어요. 부작용이 있어도 모든 건 제 책임이라고 하면서 걱정되면 안 해도 된다고 했어요."

강우진의 말을 들은 정세희가 한숨을 내리쉬었다.

기획 팀의 여직원은 임상 실험을 했던 사람들이 어떤 일을 겪었는지 말해주지 않은 모양이었다.

하긴 그녀를 탓할 수도 없다.

임상 실험을 계속 추진하기 위해 사람들에게서 부작용이 발생하고 있다는 사실을 대외비로 감췄기 때문이다.

순진한 눈망울.

눈앞에 있는 젊은 친구는 못생긴 외모와 어울리지 않는 착한 눈을 가졌다.

"그런데… 왜 했죠?"

"이렇게 살고 싶지 않아서요."

"예?"

"이렇게 계속 사느니 차라리 죽는 게 낫잖아요."

눈앞에 있는 친구의 얼굴에 체념이 담겨 있었다.

단숨에 알 수 있었다. 이 어린 친구가 외모 때문에 당해왔던 고통이 얼마나 심했던지를.

그랬기에 그녀는 다시 한 번 한숨을 길게 내리쉬며 천천히 말을 이어나갔다.

"아마, 이틀 후부터 발진이나 발열 또는 설사가 시작될 거에요. 두통이나 눈병이 날 수도 있는데 특히 특정 신체 부위가 시퍼렇게 죽으면 지체 없이 이곳으로 와야 해요. 알겠죠?"

"주사 부작용 때문인가요?"

"그래요. 강우진 군이 맞은 것은 변형 DNA 수액이에요. 많은 사람이 주사를 맞고 부작용에 시달렸어요. 그래서 실험을 중단한 건데 우리 실수로 우진 군이 마지막 실험자가 되었네요."

"많이 아픈가요?"

"그렇지는 않아요. 1단계만 맞은 사람들은 대체적으로 2주 정도면 모두 정상으로 돌아왔어요. 그러니까 너무 걱정하지 마세요."

"알겠습니다."

"이제 돌아가도 돼요. 다른 일이 생기면 내가 연락할게요."

"그런데 선생님, 안 아프면 어떻게 하죠?"

"그건… 절대 그럴 일은 없겠지만 만약 몸에 아무런 이상이 생기지 않는다면 2주 후에 다시 와요."

*   *   *

핸드폰에서 불이 났다.

임상 실험을 하느라 전화를 받지 않았는데 서현탁과 부모님, 그리고 동생까지 계속 전화가 왔다.

부모님에게는 아무렇지 않은 목소리로 오디션에서 떨어졌다는 소식을 전했다.

자신이 조금이라도 슬퍼하는 기색을 보인다면 부모님은 또다시 못난 아들 때문에 마음 아파할 것이다.

하지만 서현탁에게는 달랐다.

그에게도 똑같은 소식을 전했지만 서현탁은 당장 달려오겠다며 강우진의 위치를 물었다.

오늘처럼 아픈 날에는 술을 마셔야 한다.

책에서 본 기억에서는 괴로운 일이 있을 때 술을 마시면 모든 것을 잊는다고 했다.

자신 역시 그러고 싶었다.

술을 마셔 모든 것을 잊을 수만 있다면 백 병이라도 마실 수 있을 것 같았다.

그랬기에 처음으로 술을 마셨던 삼겹살집으로 서현탁을 오게 만들었다.

헐레벌떡 들어온 서현탁은 다짜고짜 맞은편에 앉으며 소리부터 질렀다.

그는 강우진이 오디션에서 떨어진 게 믿기지 않은 모양이었다.

"너 떨어진 거 진짜야? 혹시 나 놀래려고 일부러 거짓말한 거라면 지금이라도 자수해. 그러면 내가 통 크게 봐줄 테니까."

"심사 위원들이 그러는데 두성에 문제가 있대. 감정 조절도 안 되서 듣기가 불편하단다."

"두성이 뭐 어쩌고 어째?"

"그런 거 있어, 인마."

"바람기억을 불렀는데 그랬단 말이야?"

"응."

지체 없이 나오는 강우진의 대답에 서현탁의 얼굴이 우그러들었다.

강우진의 바람기억은 나얼의 그것과 또 다른 세계를 보여줄 정도로 완벽한 감성을 담고 있었다.

그 노래를 들으며 얼마나 가슴 아파했단 말인가.

노래방에서 처음 바람기억을 들었을 때 순탄치 못했던 자신의 삶과 오랫동안 짝사랑했던 여자가 떠올라 눈물을 흘릴 수밖에 없었다.

그런데… 만들어진 감정이라니 절대 이해할 수 없는 말이다.

"도대체 어떤 새끼가 그래?"

"한대석과 김정민, 그리고 박진웅까지 전부."

강우진이 쓴웃음을 지으면서 따라졌던 소주를 단숨에 들이마셨다.

그는 서현탁이 오기 전 벌써 한 병을 비웠는데 지금도 계속해서 소주잔을 비우는 중이었다.

"그런 미친 새끼들이⋯ 도대체 노래를 어디로 듣는 거야. 그 새끼들은 귓구멍이 입에 달려 있는 모양이다!"

"그런데 말이지, 내가 탈락 문으로 나올 때 박진웅이 뛰어오면서 나를 부르더라."

"왜?"

갑작스러운 말에 서현탁의 얼굴에서 기대감이 피어올랐다.

하지만 강우진의 입에서 흘러나온 건 실망을 넘어 분노에 가까운 것이었다.

"노래는 최고였다고 하면서 떨어뜨린 거 너무 미안하다고 했어. 그래서 왜 떨어뜨렸냐고 물었더니 내 외모 때문이라네. 내가 너무 못생겨서 이런 외모로는 절대 가수가 될 수 없단다."

차라리 찾아오지나 말 것이지.

박진웅의 말은 강우진에게 사형선고나 다름없다.

노력으로 절대 바뀔 수 없는 현실을 평계 대는 박진웅의 행동은 잔인함의 끝을 보여주는 것이었다.

"우와, 저는 잘생겨서. 그놈도 오랑우탄같이 생겼잖아. 그런 놈이 꼴 같지 않게 누구 외모를 평가해. 지 주제도 모르고 지랄하고 있어, 미친 새끼가."

"그만 열 받고 술이나 마셔."

입에서 거품을 물어대는 서현탁에게 강우진이 소주잔을 내밀었다.

서현탁은 그가 주는 술을 마다하지 않고 계속 입속으로 쏟아붓고 있었다.

친구의 불행.

그 불행은 술 없이 견디기 힘든 것들이었다.

"그래서 지금까지 어디 있었던 거야? 난 인마, 네가 오디션 떨어졌다고 한강에 간 줄 알았다."

"갈려고 했어."

"그런데?"

"부모님이 슬퍼할 걸 생각하니까 도저히 못 가겠더라. 너도 떠오르고. 넌 나 없으면 심심해서 죽을 놈이잖아."

"그건 그렇지. 어쨌든 잘했다, 이 새끼야."

술잔을 건네주는 서현탁의 눈이 붉게 달아올라 있었다.

강우진이 견뎌야 했던 슬픔이 새삼스레 전해져 가슴이 아파와 눈물이 맺혀지기 시작했다.

그랬기에 그는 앞에 있던 술잔을 들이마신 후 강우진에게 건넸다.

"그럼 지금까지 어디 있었던 거냐?"

"내가 언젠가 한번 말했을 거야, 유전자 성형에 대해서."

"아, 미성연구소에서 한다는 임상 실험 말이지. 그게 왜?"

"나 오늘 거기 갔었어."

"이 미친놈아, 아무리 그래도 그렇지 어떤 일이 생길지 알고 몸을 함부로 굴려. 그런 실험은 쥐한테나 하는 거잖아!"

"후후… 그런가?"

"그거 하면 얼굴이 잘생겨진대? 말도 안 되는 소릴 하고 있어."

"대충 설명 들으니까 DNA를 조작해서 신체를 변화시키는 연구라고 하더라. 성공만 하면 외모가 완전히 바뀐다고 했어."

"웃기고 있네. 그래서?"

"실험은 완전히 실패했대. DNA 주사를 맞은 사람들이 모두 부작용을 일으켜서 치료를 받는 바람에 실험을 중단한다네."

"그럼 그냥 왔구나. 난 또 네가 이상한 짓 한 줄 알고 놀랐잖아."

"했어."

"뭘 해?"

"주사 맞았다고."

"중단했다면서 네가 왜 맞아. 그거 부작용 일으켜서 병원에 가야 한다며!"

"씨발, 재수 없게도 내가 마지막 실험자였다."

제6장
극단 '비상' I

어느 정도 시간이 지나자 술이 술을 마셨다.

하지만 둘 다 집안 내력 때문인지 두주불사의 능력을 가졌기 때문에 소주병이 다섯을 넘겼어도 얼굴조차 붉어지지 않았다.

두 사람은 많은 이야기를 나누었다.

술은 사람의 속마음을 풀어놓게 만드는 마법이 있었고 그 상대가 친구였으니 할 말 못할 말 가리지 않은 채 시간을 보냈다.

"그럼, 조만간 네 몸에 이상한 것이 생긴다는 거잖아."

"워낙 부작용의 증상이 다양해서 어떤 일이 생길지 알 수 없어. 발진이나 발열, 또는 몸이 시퍼렇게 죽을 수도 있단다."

"와, 미치겠네. 그런 걸 알면서도 네 몸에 그걸 넣었단 말이야, 그 새끼들이?"

"그날 결정되어서 담당자가 실험이 중단된 걸 알지 못해 벌어진 일이야. 내가 무조건 해달라고 우겼거든. 그 사람도 엄청 혼났을 거다."

"미친놈. 어쨌든 몸에 이상이 생기면 무조건 가. 가서 고소한다고 지랄을 떨어. 어차피 그놈들 잘못이잖아."

"인마, 부작용 생겨도 어떤 항의조차 하지 않겠다고 각서까지 썼다. 그 똑똑한 사람들이 아무런 조치를 안 해놨겠어?"

"하긴 그렇겠지."

"그래도 어디냐. 주사 한 방 맞고 30만 원이나 벌었으니 나 부자 됐다."

"참 좋겠다. 몸 팔아 돈 벌어서."

서현탁이 쓴웃음을 짓고 있는 강우진을 째려봤다.

생각지도 않았던 부작용을 걱정해야 하다니 기가 막힌 일이다.

물론 강우진의 외모로 봤을 때 피부병 조금 생긴다고 해서 달라질 일도 없겠지만 막상 그 소릴 듣자 부글부글 화가 치밀었다.

하지만 이미 벌어진 일. 계속해서 따질 일도 아니었기에 서현탁은 홀짝거리며 술을 마시는 강우진을 바라보다가 슬그머니 화제를 돌렸다.

"그래서 오디션도 떨어지고 어쩔 셈이냐?"

"뭘?"

"뭐 해 먹고살 거냐고?"

"이젠 일해야지. 물류 창고 반장님이 다시 오면 받아준다고 했잖아."

"인마, 너 그걸로 평생 먹고살 거야?"

"내가 할 수 있는 게 그것밖에 없다. 너도 잘 알면서 그래."

"우리 사촌 형이 대학로에서 연극을 하는데 나보고 오란다. 우리 같이 가자."

"연극?"

"그래, 형이 극단 '비상'의 단장이야. 저번에 집에 왔을 때 나를 보더니 오라고 했어. 극단 일을 배우다가 경험이 쌓이면 무대에도 올려주겠다고 했다니까."

"그건 너한테 한 말인데 내가 왜 가. 그리고 나는 연기에 소질이 없어."

"이 새끼야. 소질이 없긴 왜 없어. 너처럼 노래 잘하는 놈은 엄청난 능력을 타고난 거야. 그러니까 무조건 같이 가!"

"우리같이 못생긴 놈들이 무슨 연기를 해. 너네 사촌 형이 그냥 해본 소리겠지."

"쩝, 사실 형이 나를 오라고 한 건 연기하라고 부른 거 아니
야."

"그럼?"

"잡일 할 사람이 필요하대. 무대 설치하거나 음향 조절, 뭐
그런 거 있잖아. 거기서 일하던 놈들이 힘들다고 도망갔나
봐. 우리 아버지가 신신당부하면서 부탁도 했고."

"크크크… 그럼 그렇지."

강우진이 이상한 웃음을 흘렸다.

세상이 그렇다. 아무런 이유 없이 능력도 없는 놈을 대뜸
연기하라며 부를 리가 만무했다.

그럼에도 서현탁은 눈을 빛내며 강우진을 노려봤다.

"나도 알아. 나를 부른 이유가 따로 있다는 거. 하지만 너
도 생각해 봐. 우리 같은 놈들이 할 수 있는 게 뭐가 있겠냐.
기껏 물류 창고에서 막일하는 것뿐이겠지. 우진아, 난 평생을
막일하면서 살고 싶지 않다. 물론 거기서 일해도 당분간은 무
척 힘들 거야. 그래도 그 일은 희망이란 게 있잖아."

"어떤 희망?"

"연극 무대에서 영화로 진출한 사람들 많아. 연기력을 쌓아
서 큰 무대로 나갈 수도 있다는 뜻이다. 정화영이나 김민철,
국대성 같은 사람들이 전부 연극 무대에서 올라간 사람들이

야. 너도 영화광이니까 알 거 아니냐?"

당연히 안다.

서현탁의 말대로 강우진은 영화광이었으니까.

영화는 그의 삶에서 커다란 부분을 차지해 온 친구였다.

학교를 다니면서 왕따 아닌 왕따 생활에 지쳤던 마음을 강우진은 영화로 달랬다.

무엇보다 서현탁의 주장이 강우진의 마음을 사로잡은 것은 미래에 대한 희망을 갖자는 말 때문이었다.

그렇다, 이대로 막노동이나 하면서 인생을 살고 싶지는 않았다.

자신처럼 배운 것 없는 사람이 할 수 있는 것은 별로 없으니 친구의 제안에 마음이 흔들렸다.

*   *   *

팀장이라는 여자의 명찰에는 정세희란 이름이 달려 있었다.

아름다운 외모.

연구소의 팀장 정도 되는 지위를 얻기 위해서라면 얼마나 많은 공부를 했을까.

아이큐도 천재급이었을 테고 그 뛰어난 머리로 공부에 매진해서 세계적으로 유명한 대학을 졸업했을 것이다.

더군다나 늘씬한 몸매에 아름다운 얼굴까지 지녔으니 그녀는 신에게 축복받은 사람임이 분명했다.

그러나 그녀의 예상은 틀렸다.

주사를 맞은 후 모든 사람이 부작용을 일으켰다고 했지만 강우진의 몸은 일주일이 지나도록 아무런 이상 징후가 발견되지 않았다.

식욕도 그대로였고 심지어 가벼운 감기조차 걸리지 않았는데 그녀가 가장 우려했던 것처럼 몸이 시퍼렇게 죽은 건 아무리 찾아봐도 보이지 않았다.

서현탁이 대학로에 가야 한다며 전화를 걸어온 것은 10일이 지난 후였다.

친구와 같이 가는 걸 허락받았다며 놈은 뛸 듯이 기뻐하고 있었다.

버스를 타고 대학로로 향했다.

강북에 있는 대학로는 여전히 젊은이들로 가득 차 있었는데 지하철역을 돌아 뒤쪽으로 걸어가자 수많은 소극장이 눈으로 들어왔다.

서울에 살면서 대학로에 와본 것은 단 두 번뿐이었다.

그 두 번도 버스로 지나친 것에 불과했기 때문에 두 눈으로 한 집 건너 하나씩 있는 소극장을 확인하자 두 눈이 둥그렇게 커졌다.

연극의 메카라는 소리를 들었지만 대학로에 이렇게 많은 소극장이 있을 거라곤 전혀 생각해 본 적이 없었다.

서현탁은 혼자 중얼거리며 거리 주변에 있는 건물들을 확인하고 있었는데 사촌 형이 일한다는 극장이 어딘지 정확히 모르는 모양이었다.

"야, 저기 보인다. 비상 맞지?"

"어디, 어디?"

"저기 극단 비상이라고 적혀 있잖아."

"눈도 안 좋은 놈이 저걸 어떻게 봤대. 크크크… 잘했다, 친구."

서현탁이 이상한 웃음을 흘리며 강우진의 어깨를 감싸 안았다.

그런 후 씩씩한 걸음으로 그 건물을 향해 걸어갔다.

극단 '비상'이 자리를 잡은 건물은 5층이었는데 주변에 있는 소극장보다 훨씬 규모가 컸다.

"현탁아, 너네 사촌 형 유명한 사람이냐?"

"여기서는 꽤 유명하지. 너도 봤지만 이곳 소극장들은 전부 규모가 작아. 대부분 100석 내외에서 공연을 해. 하지만 우리 형이 운영하는 비상은 300석이 넘어. 이곳에서는 대극장이라고 볼 수 있어."

"단원도 많겠네?"

"연극배우가 23명 있고, 스태프가 7명 정도 된대."

"그게 많은 거냐?"

"그럼 많은 거지. 내가 알아보니까 대부분의 극단이 그 절반 정도밖에 안 되더라."

"돈 벌이는 되는 건가?"

"우리 형 제법 돈 좀 만져. 그 유명한 연극 '아가씨의 사랑'이 비상에서 하는 거거든."

서현탁의 말에 강우진이 놀란 눈을 만들었다.

연극 '아가씨의 사랑'은 벌써 10년째 장기 공연을 하면서 인터넷 예매 1순위에 올라 있다는 것을 본 적이 있기 때문이었다.

강우진의 얼굴이 흐려졌다.

아주 작은 소극장을 운영하는 사람인 줄 알았다.

작은 극단들은 대표와 배우들이 무대 장치까지 모두 직접 세팅하기 때문에 일을 하면서 자연스럽게 연기를 배울 수 있다고 생각했는데 그의 생각은 완전히 오판이었다.

말을 나누는 동안 비상 앞에 도착한 서현탁이 주춤거리는 강우진의 팔을 이끌고 건물로 들어섰다.

건물의 구조는 간단했다.

잘나가는 극단답게 지하실을 이용하는 소극장들과는 달리

1층과 2층을 모두 극단으로 썼는데, 사무실은 1층의 복도 끝에 위치하고 있었다.

서현탁이 사촌 형과의 통화를 끝내고 거침없이 사무실 쪽으로 걸음을 옮겼다.

문을 열자 사람들과 이야기를 나누던 40대 초반의 남자가 손을 번쩍 드는 것이 보였다.

예상보다 나이가 많다.

서현탁의 사촌 형이라는 말에 30대 정도일 거라 생각했는데 나이 차가 너무 많아 보였다.

"여어, 현탁이 왔구나. 왜 이렇게 늦었어?"

"길을 헤맸어요."

"그랬구나. 여전히 좋아 보이네. 여드름도 많아졌고."

검은색 폴라티에 검은색 재킷. 연극을 운영하는 사람답게 옷 입는 세련미가 흘러넘쳤다.

생긴 것도 서현탁과 다르다.

그는 도회적인 분위기가 물씬 풍기는 얼굴을 지니고 있었다.

"얘는 제가 말한 친구예요. 야, 우진아, 인사드려."

"강우진입니다. 잘 부탁드립니다."

"푸하하… 들은 것처럼 정말 개성 있게 생긴 놈이구나. 난 한국영이다."

한국영이 대뜸 강우진의 손을 잡아왔다.

수많은 사람을 상대하는 사람답게 그는 강우진의 외모를 보고도 전혀 거리낌 없이 악수를 청해왔다.

"둘 다 이번에 고등학교 졸업했다고 했지?"

"예."

"잘해봐. 일은 무척 힘들 거다. 하지만 배우는 것도 많을 거야. 찬수야!"

싱그럽게 웃은 한국영이 사무실 구석에서 무언가를 찾고 있던 남자를 불렀다.

그러고는 서현탁과 강우진을 힐끗 바라본 후 남자를 향해 지시를 내렸다.

"여기 신입들 왔으니까 오늘부터 일 시켜. 한 놈은 내 사촌 동생이지만 바닥 청소부터 박박 기게 만들어. 내 목적은 이놈들 10일 이내 때려치우고 돌아가게 만드는 거니까 거기에 맞춰서 돌리란 말이야. 알았지?"

*   *   *

허찬수는 문화대 연극영화과를 나와 극단 '비상'에서 일하는 사람이었다.

'비상'은 유명 극단답게 스태프로 최소 3년을 일해야 무대에 오를 수 있는 자격을 준다고 했다.

"반갑다, 난 허찬수야. 단장님 말씀대로 너희들을 완벽하게 뺑뺑이 돌려줄 사람이지. 이 뺑뺑이가 너희들에게 피가 되고 살이 될 테니 결코 나를 원망하거나 미워하지 말길 바란다."

그 말을 끝으로 그는 강우진과 서현탁을 하인처럼 부려먹기 시작했다.

그는 이미 3년차가 되어 스태프들 중 가장 나이가 많았을 뿐만 아니라 최고참이라 무대 설치에 관한 모든 것은 그를 중심으로 돌아갔다.

'비상'은 '아가씨의 사랑'을 장기 공연하면서 다른 연극들도 꾸준히 올렸는데 그들이 극단에 들어온 것이 하필이면 차기작인 '인생역전' 공연 전이었다.

물류 창고에서 일한 것처럼 힘들지는 않았으나 스트레스가 장난이 아니었다.

뭐를 하든 머리를 써야 한다.

단순하게 시킨 일만 하게 되면 허찬수가 귀신같이 나타나 수정을 하면서 잔소리를 해댔다.

그의 눈으로 봤을 때는 당연히 못마땅할 게 분명했다.

연극에 대해서 아무것도 몰랐으니 무대 조명이 어떻고 연기자들의 동선이 어떻게 돌아가는지 알 리 없는 두 사람에게 창의적인 사고가 나올 리 만무했다.

"이놈들아, 모르면 공부를 하란 말이야. 너희들, 연극이 뭔지 알고나 여길 온 거냐. 몸으로 때운다고 연극이 되는 줄 알아!"

"죄송합니다."

"디테일, 연극의 생명은 디테일이다. 그 창문 다시 그려서 가져와."

꿍꿍거리며 그린 창문을 그는 사정없이 찢어버렸다.

그에게는 하찮은 일이었겠지만 두 사람이 다섯 시간이나 투자해서 그린 창문이었다.

하지만 그건 아무것도 아니었다.

하루 종일 벽난로를 만들었는데 나무를 자르고 붙이는 일들은 중노동에 가까운 것이었으나 허찬수는 반이나 만든 벽난로를 사정없이 발로 때려 부쉈다.

"아우, 씨발. 이거 더러워서 못해먹겠네."

"잔소리하지 말고 그거나 치워. 찬수 형 들으면 어쩌려고 그래."

"하인도 이렇게 부려먹진 않겠다. 이건 생고생해도 칭찬 한 번 듣질 못하잖아."

"너 여기 칭찬 받으러 왔어?"

강우진이 투덜거리는 서현탁을 향해 물었다.

굳어진 눈, 그리고 시선에는 어떤 장난스러움도 들어 있지 않았다.

그랬기에 서현탁은 슬그머니 강우진의 눈을 피하며 중얼거렸다.

"그냥 신경질 나서 한 소리야. 돈도 몇 푼 주지 않으면서 너무 부려먹잖아."

"현탁아, 네 말대로 우린 희망을 찾으러 여기 온 거다. 난 이제부터 찬수 형 말대로 연극에 관해 공부할 생각이야. 죽어라고 공부해서 무대에 서보련다."

"어이쿠, 난리 났네. 난리 났어."

"연극에서 영화로 진출한 사람들 보면 전부 개성파 연기자들이야. 결코 잘생긴 사람들이 아니었어. 나도 그런 사람이 될 수 있지 않겠냐?"

"될 수 있지. 다이어트만 하면 너도 충분히 개성파 연기자가 될 수 있을 거다."

"고맙다."

"고맙긴, 뭘. 나도 그 생각으로 온 건데… 하여간 투덜거린 거 미안하다. 앞으로 열심히 할게."

"응, 그리고 난 내일 잠깐 다녀올 데가 있어. 오후에 올 거라고 찬수 형한테 말했으니까 기다리지 마."

"어딜 가는데?"

"연구소. 2주 후에 오라고 그랬거든. 찬수 형한테는 병원 간다고 그랬으니 다른 소리 하지 말고."

"미쳤어. 거길 왜 또 가!"

"희망 때문에. 다른 사람들은 다 부작용이 생겼다는데 나는 괜찮잖아. 내 외모를 바꿀 수만 있다면 난 뭐든지 할 수 있다."

*   *   *

다음 날.

강우진은 미성연구소를 향해 걸어갔다.

하지만 이전과 다르게 경비를 보고 있던 수위가 그의 앞길을 가로막은 채 길을 열어주지 않았다.

"학생, 여긴 함부로 못 들어오는 곳이야."

"저번에도 왔는데요?"

"저번에 언제?"

"연구소에서 임상 실험을 했잖아요. 저는 실험자입니다."

"실험은 벌써 보름 전에 끝났어. 거짓말하지 말고 돌아가."

수위는 막무가내로 강우진을 들어가지 못하게 막았다.

답답한 일이었지만 대책이 서지 않을 정도로 수위의 태도는 완강했다.

그때 그 팀장이라는 여자의 이름이 생각났다.

"아저씨, 정세희 팀장님이 오늘 꼭 오라고 그랬어요. 거짓말 아니니까 확인만 해주세요."

워낙 간절한 눈빛이었던지 강우진을 가로막고 있던 수위의 태도가 주춤거렸다.

만약 이번에도 거절한다면 팀장을 핑계로 협박이라도 서슴지 않을 생각이었다.

다행히 수위는 경비실로 들어가 어디론가 전화를 했는데 금방 다시 돌아와 계면쩍은 얼굴로 들어가라는 말을 했다.

급하게 걸어 연구소의 현관을 통해 임상 실험실로 가자 어느샌가 정세희가 나와 그를 기다리고 있었다.

그녀는 뒤늦게 나타난 강우진을 바라보며 긴장된 모습을 숨기지 못했다.

"왜 이제야 왔어요. 아프면 즉시 오라고 했잖아요. 말해봐요. 부작용이 어떻게 나타났죠?"

"부작용 때문에 온 거 아니에요."

"아니라고요?"

"예, 제 몸에는 부작용이 생기지 않았어요. 그래서 박사님이 말한 대로 2주 후에 온 겁니다."

"정말… 부작용이 없었단 말이에요!"

정세희의 목소리가 소프라노처럼 올라갔다.

절대 믿을 수 없다는 음성이었다.

거짓말일 가능성이 컸다. 1단계 주사를 맞고 아무렇지 않다며 온 사람들도 신체검사를 하면 반드시 부작용이 나타나 있었다.

대부분 돈이 필요한 사람들이었다.

그중 상태가 괜찮은 사람들을 대상으로 2단계 실험을 시행했지만 그들 대부분은 급작스럽게 상태가 나빠지며 병원으로 후송되었다.

그랬기에 그녀는 잠시 동안 강우진을 노려보다가 인터폰을 들어 직원을 부른 후 옆쪽 탁자에 있던 수술할 때 쓰는 위생 장갑을 꼈다.

"옷을 벗어요, 상체만."

그녀의 지시대로 강우진은 자신의 옷을 벗었다.

아직 겨울이었기 때문에 외투와 셔츠, 그리고 내의를 벗느라 시간이 한참 걸렸다.

남자가 옷을 벗는데도 정세희는 눈 하나 깜빡하지 않았다.

그녀의 눈에 강우진은 남자가 아니라 실험 대상에 불과한 모양이었다.

강우진이 모든 옷을 벗자 정세희가 다가오며 입을 열었다.

"거기 침대에 편안하게 누워요."

그녀의 지시대로 침대에 눕자 장갑을 낀 그녀의 손이 다가왔다.

정세희의 관찰은 철저했다.

강우진의 몸에 바짝 다가와 피부 전체를 이 잡듯 뒤졌는데 위생 장갑을 낀 그녀의 손은 마치 애무를 하는 것처럼 얼굴과 목, 가슴을 타고 아주 느리게 내려왔다.

"뒤로 돌아 누워봐요."

처음과 똑같은 행동.

강우진이 등을 보이며 눕자 그녀는 손가락으로 면밀히 피부를 살피며 등줄기를 훑어나갔다.

마치 개미가 기어가는 것 같은 느낌 때문에 강우진이 몸을 뒤척였지만 그녀는 아랑곳하지 않고 끝까지 살핀 후 고개를 들었다.

문을 통해 처음 보는 남자가 들어온 것은 그녀가 강우진의 몸에서 떨어졌을 때였다.

남자는 흰색 가운을 입고 있었는데 한눈에 봐도 지식이 철철 넘칠 정도로 지적인 외모를 가지고 있었다.

"이 박사, 이 사람 하체 좀 검사해 봐요. 철저하게 살피고 끝나면 나한테 보고해 줘요."

"알았습니다."

공손하게 대답하는 사내의 가운에 적혀 있는 이름은 이정재였다.

목소리마저 부드러운 남자.

언제부턴가 공부 잘하는 사람들은 외모도 뛰어나다고 하더니 맞는 말인 것 같다.

사내는 정세희가 나가자 강우진에게 다가와 빙긋 웃었다.

어색함을 날리기 위한 가식적인 웃음으로 보였다.

"강우진 씨, 미안하지만 아래옷도 벗어줘요. 상체는 팀장님이 하셨으니까 나는 아래쪽을 검사해야 됩니다."

"전부 다 말이에요?"

"전부 다."

빤히 쳐다보는 이정재의 시선도 옷을 벗어야 하는 강우진 못지않게 달가워 보이지 않았다.

그 역시 굴러가는 공처럼 뚱뚱하고 못생긴 강우진의 알몸을 본다는 건 싫었을 것이다.

어쩔 수 없이 옷을 벗었다.

철이 들고 난 후 누군가에게 알몸을 보이는 건 처음이었기에 옷을 벗는 손이 부들부들 떨려왔다.

기어코 옷을 전부 벗은 후 그의 지시대로 침상에 올라갔다.

그의 손놀림은 정세희와 흡사했는데 상체를 만질 때와 다르게 온몸에 소름이 돋았다.

얼마의 시간이 지났을까.

"됐습니다. 이제 옷 입어도 됩니다. 나는 잠깐 나갔다 올 테니까 옷 입고 기다리세요."

　　　　*　　　　　　*　　　　　　*

　정세희는 이정재의 보고를 받은 후 가슴이 울렁거려 잠시 동안 호흡을 골라야 했다.

　그녀가 직접 확인해 본 결과, 강우진의 말대로 상체에 아무런 이상이 없었다.

　거친 숨결을 숨기고 사무실에 돌아와 초조하게 이정재의 검사가 끝나기를 기다렸다.

　자신의 바람대로 이정재가 보고해 주기를 학수고대하면서.

　그녀의 간절한 소망이 이루어진 걸까.

　이정재 역시 실험실에 있을 때와는 다르게 잔뜩 흥분된 얼굴로 연구실을 박차고 들어와 미친놈처럼 소리를 질렀다.

　"팀장님, 하체 쪽에도 아무런 이상이 없습니다!"

　"정말이에요?"

　"정말입니다. 그 친구한테는 아무런 부작용이 없는 게 분명합니다."

　"알았어요."

　정세희는 흥분을 가라앉히지 못하는 이정재를 뒤로하고 자신의 연구실을 빠져나와 곧장 원장실로 향했다.

　비서가 무슨 일이냐는 듯 그녀를 바라봤으나 정세희는 급하다는 듯 손만 가볍게 들어주고 원장실 문을 박차고 들어갔다.

정석우 박사의 놀란 눈이 보였다.

평소의 그녀는 더없이 조신해서 행동 하나하나에 예의가 담겨 있었는데 갑자기 문을 열고 들어서자 정석우 박사는 커피를 마시다 말고 자리에서 벌떡 일어났다.

"정 팀장, 전쟁 났어?"

"전쟁보다 더한 일이 생겼어요."

"뭔데?"

"원장님, 드디어 부작용이 일어나지 않은 실험자가 나타났어요."

*   *   *

정세희는 정석우 박사의 허락을 받은 후 급하게 계단을 뛰어내려 왔다.

그녀가 추진한 유전자 성형은 정석우 박사의 이론 속에서 자신의 지식이 모두 결집된 프로젝트였다.

최근 5년간 그녀는 이 프로젝트를 위해 밤을 낮 삼아가며 전력으로 달려왔기에 실험이 중단되자 지난 2주 동안 우울증에 시달렸다.

실험실 문을 열고 들어서자 외투까지 받쳐 입은 강우진의 얼굴이 보였다.

예뻤다.

외모상으로야 더할 나위 없이 못생겼지만 그녀의 눈에는 소중한 보물처럼 보일 정도로 사랑스러웠다.

"우진 군, 많이 기다렸어요?"

"아닙니다."

"지금부터 우진 군에게 2단계 실험을 할 거예요. 그래도 괜찮죠?"

"실험… 계속하실 건가요?"

"우진 군이 허락만 한다면요. 그런데 미리 알아둘 게 있어요."

"뭐죠?"

"이번에도 부작용에 관한 거예요. 불행히도 2단계 주사를 맞은 사람들은 전부 병원 신세를 졌어요. 거의 한 달 동안. 그 사람들은 부작용이 심하게 발생해서 정상적으로 활동하지 못할 정도로 힘든 과정을 겪었어요. 어쩌면 우진 군도 그렇게 될 가능성이 커요. 그래도 할래요?"

"하겠습니다."

"좋아요. 그럼 준비할 동안 잠시만 여기서 쉬고 있어요. 금방 돌아올게요."

강우진이 허락을 하자 그녀의 목소리가 날아갈 것처럼 커졌다.

무언가 소중한 것을 얻은 사람들은 그 행동부터 경쾌하고 커지는데 그녀가 꼭 그랬다.

그녀가 실험실에 들어온 후 이정재를 비롯해서 두 명의 연구원이 더 들어왔지만 정세희는 직접 냉장고 문을 열고 변형 DNA가 담겨 있는 비닐 백을 꺼내 들었다.

부산한 움직임.

조금의 실수조차 허락하지 않겠다는 듯 그녀는 냉장고에서 노란 액체가 담겨 있는 비닐 백을 꺼내 든 후 손으로 흔들고 비빈 다음 온도를 체크했다.

"우진 군, 그 옷 벗고 처음 맞았을 때처럼 편하게 누워요. 이번에도 5분을 넘기지 않을 거예요."

"예."

착한 학생처럼 대답했다.

옷을 벗고 셔츠를 걷어 팔뚝을 드러낸 후 침대에 누웠다.

향기로운 냄새.

정세희의 아름다운 얼굴이 침대로 다가오자 가슴을 뛰게 만드는 향기가 불쑥 풍겼다.

여자의 냄새.

처음 맡아보는 여자의 냄새는 생각했던 것보다 훨씬 좋았다.

능숙한 솜씨로 정세희가 주사기에 액체를 담아 팔뚝에 찔렀다.

처음 왔을 때와 다르게 찌릿한 통증이 느껴졌다.

그녀는 움찔하는 강우진의 팔을 교묘하게 제압하고는 주사기에 담긴 액체를 몸속으로 완벽하게 심었다.

왼팔에 이어 오른팔까지 모두 끝낸 그녀의 얼굴은 처음과 달리 긴장감으로 가득했다.

"이제 일어나도 돼요."

"수고하셨습니다."

강우진의 어이없는 인사에 정세희의 긴장했던 얼굴에서 슬쩍 웃음이 피어올랐다.

아직 세상의 때가 묻지 않은 청춘.

그 청춘은 자신의 앞길이 어떻게 변할지도 모르면서 병을 고쳐주는 의사에게 하는 것처럼 고맙다는 인사를 하고 있으니 갑작스럽게 미안한 마음이 몰려왔다.

하지 않아야 할 실험을 자신의 욕심 때문에 강행하고 있었다.

이대로 연구를 종료하기에는 너무나 아쉬웠기에 강우진이 위험할 수도 있는 실험을 하고 말았다.

그런 면에서 봤을 때 자신은 이기주의에 찌든 나쁜 여자가 분명했다.

"우진 군, 2단계 주사는 끝났어요. 하지만 경과를 확인해야 되니까 내일부터는 매일 나와주세요."

"매일요?"

"왜요. 힘든가요?"

"저는 일을 하고 있어서 매일 나올 수가 없어요."

"무슨 일을 하죠?"

"극단에서 연극을 돕고 있어요. 이제 막 시작했기 때문에 빠질 수가 없거든요."

"우진 군이 나오기만 하면 수당으로 매일 50만 원씩 지불할 거예요. 그러니까 웬만하면 나와줘요."

"박사님, 제 일은 돈으로 환산할 수 없는 일이라고 생각해요. 저번처럼 몸에 이상이 있으면 나올게요."

"휴우……."

정세희의 입에서 안타까운 한숨 소리가 흘러나왔다.

경과를 보기 위해서라는 핑계를 댔지만 강우진이 혹시라도 잘못될까 봐 조바심이 가득했다.

그녀는 어떻게 하든 자신의 미안함을 강우진에게 갚아주고 싶었다.

하지만 순수한 눈망울로 자신을 바라보는 강우진에게 더 이상 강요할 수는 없었다.

강우진의 꿈이 그녀의 눈에 보였다.

이 어린 친구는 연극배우를 꿈꾸며 최선을 다해 살고 싶은 모양이었다.

"알았어요. 하지만 약속해 줘요. 조금이라도 몸에 이상이 생기면 즉시 와야 해요. 알았죠?"

"그러겠습니다."

"그럼 2주 후에 봐요."

제7장
극단 '비상' II

극단에서 일하는 것은 생각보다 시간이 많았다.

연극은 하루에 두 번 공연했는데 주로 저녁 시간이었고 공휴일도 오후 늦게나 되어야 시작되었다.

남는 시간을 이용해서 연극에 관한 공부를 시작했다.

학창 시절, 시험이 내일인데도 아예 공부할 생각조차 하지 않았던 그는 연극이라는 세계에 빠져들자 미친놈처럼 매달렸다.

연극의 4대 요소는 배우, 무대, 관객, 희곡인데 강우진이 주로 공부한 것은 배우가 펼치는 연기 부문과 무대 장치에 관한 것들이었다.

강우진은 동영상 강의를 적극적으로 활용했다.

남들은 연기 학원에 등록해서 기본부터 충실히 배우는 것이 가장 빠른 길이라고 했지만 강우진은 전혀 그럴 생각이 없었다.

'비상'의 대표 한국영의 말을 그는 철석같이 믿고 있었다.

강우진이 일을 시작한 다음 날 전체 회식을 가졌을 때 한국영은 술이 얼근하게 취한 상태에서 단원들에게 이런 말을 했다.

"연기는 배우는 것이 아니다. 훌륭한 연기자가 되기 위해서는 이론이 중요한 게 아니라 내면에 가지고 있는 힘을 길러야 해. 그럼 내면의 힘은 무엇이냐. 바로 그 연기자가 어떤 감정을 가지고 연기에 임하냐는 거지. 대사 소화 능력이나 발성도 중요하고 외모도 중요하지만 가장 중요한 것은 역할에 대한 감정을 표현하는 능력이다. 진정한 연기자는 배역과 혼연일체가 되었을 때 관중을 감동시킬 수 있어. 그런 걸 학원에서 배울 수 있겠어? 연기를 가르친다고 떠드는 유명 학원 놈들은 전부 돈을 벌기 위해 눈이 시뻘개진 놈들뿐이다. 학원에 가느니 차라리 막노동을 하는 게 낫다. 경험을 쌓아라. 시간이 날 때마다 할 수 있는 건 다해봐. 그것이 너희들에게 관중을 감동시킬 수 있는 무기가 될 테니 말이다."

공부를 할수록 그의 말이 맞다는 생각이 들었다.

모든 연기의 기본은 배역의 감정을 관객들에게 얼마나 정확히 전달하느냐가 가장 중요한 것이었다.

감정의 전달은 연기의 기본이자 전부라고 할 수 있었다.

밤에는 연기를 공부했고 낮에는 무대 장치에 관한 것을 공부했다.

무대 장치에 관한 것들도 공부를 하면 할수록 만만치 않았다.

'비상'은 이미 기본적인 무대를 확보하고 있기 때문에 콘서트처럼 별도의 무대를 설치할 필요가 없었지만 배경 화면이나 조명, 이동식 스테이지의 설치, 음향 효과 등 배울 게 많았다.

공부를 하는 것도 언제나 서현탁과 함께였다.

강우진은 그를 또 다른 자신이라고 생각했기에 무조건 서현탁을 끌고 일이 끝나면 함께 공부했다.

10일이면 그만두게 만들 수 있다던 한국영의 말은 지켜지지 않았다.

나중에 안 일이지만 한국영이 그들을 받아들인 것은 외삼촌인 서현탁의 아버지가 간절히 부탁했기 때문이다.

아들놈이 고등학교를 졸업하고 하릴없이 막노동이나 하는 것이 너무 안타까워 미안함을 무릅쓰고 부탁했다고 한다.

극단의 스태프 일이 어렵지만 하겠다고 손 드는 놈들은 흘러넘친다는 것이 그의 설명이었다.

대학교를 졸업하고 극단에서 일하는 걸 원하는 자원자가 워낙 많기 때문에 일할 사람을 구하는 건 어려운 일이 아니라고 했다.

빡세게 굴리다 보면 스스로 나갈 것이라 생각했던 모양이다.

이제 막 고등학교를 졸업했으니 사회의 무서움을 알게 되면 견디지 못하고 금방 뛰쳐나갈 것이라고 판단했던 것이다.

그러나 두 사람은 쌩쌩하게 버티며 극단 일을 익혀 나갔다.

강우진은 물론이고 서현탁마저 성실하게 일했기 때문에 단원들을 복덩이가 들어왔다며 기뻐했다.

물론 아직 모든 것이 서툴고 아는 것도 부족했지만 워낙 성실하게 일하다 보니 단원들의 시선이 점점 호의적으로 변하고 있었다.

*　　　　　*　　　　　*

정신없이 일과 공부를 하는 와중에 2주는 금방 흘러갔다.

그동안 정세희로부터 12통의 전화를 받았다.

일요일을 빼고는 매일 전화한 건데 그녀는 강우진의 몸 상태에 대해서 끝없이 질문을 던졌다.

이상하다.

1단계와 마찬가지로 그의 몸에는 아무런 이상 징후가 나타나지 않고 있었다.

정세희는 초조한 음성으로 매일 전화를 하면서 아픈 곳이 있느냐고 물었는데 이상이 없다는 대답을 들을 때마다 마치 어린아이처럼 좋아했다.

약속했던 날.

강우진은 아침 일찍 미성연구소를 찾았다.

극단에서 처음 일할 때는 시간적 여유가 전혀 없을 것이라 생각했으나 연극은 대부분 저녁에 공연되기 때문에 극단 측에 양해를 구하지 않아도 될 만큼 낮에는 여유가 있었다.

정문을 지키는 수위는 강우진이 나타나자 예전과 다르게 반색을 하며 맞아주었다.

미리 언질을 받았던 게 분명했다.

임상 실험실로 들어갔을 때 무려 일곱 명이 자리를 지키고 있었다.

연구소 측에서는 강우진의 상태에 대해서 초미의 관심을 보이고 있었는데 그들의 얼굴은 전부 상기되어 있었다.

그가 들어서자 정세희가 긴장된 얼굴 속에서 웃음을 만들었다.

어색한 웃음.

잔뜩 긴장한 사람의 얼굴에서 나타난 웃음은 상대방에게 묘한 부조화를 느끼게 만든다.

"어서 와요, 우진 군. 그동안 잘 지냈어요?"

"예, 팀장님도 잘 계셨죠?"

"그럼요. 우리 이러지 말고 잠깐 앉을까요?"

"네."

정세희가 강우진을 이끌고 실험실 한편에 놓여 있는 의자에 앉혔다.

그런 후 탐색하듯 질문을 시작했다.

"혹시 감기 기운 같은 거 없었어요? 열이 나거나 몸이 나른한 증상 같은 거?"

"없었는데요. 저는 감기 같은 거 잘 안 걸리는 체질이에요."

"그렇군요. 그럼 두드러기 같은 건 어때요?"

"전혀 없어요."

지난 시간 동안 전화상으로 계속해서 질문했던 내용들을 정세희는 반복적으로 물어왔다.

같은 질문, 같은 대답이다.

모든 것을 물어본 정세희의 얼굴에서 긴장감이 조금 완화되는 것이 보였다.

다행이라는 표정.

그녀가 강우진의 상태에 대해서 얼마나 걱정하고 있었는지 그 표정에서 고스란히 나타났다.

"오늘은 먼저 피를 뽑을 거예요. 그런 다음 신체검사를 하고 문제가 없으면 3단계로 넘어갈 예정이에요."

"알았습니다."

"그럼 우리 시작해 볼까요?"

*　　　*　　　*

원장실에서 강우진의 신체검사 결과를 기다리고 있던 정세희의 표정은 무척 상기되어 있었다.

그건 상석에 앉아 있던 정석우 박사의 표정도 상당히 침중했는데 포기했던 연구가 다시 살아날 수 있다는 사실에 얼굴이 붉어진 상태였다.

이윽고 문이 열리며 이정재가 뛰어들어 왔다.

그는 급하게 인사를 한 후 입을 열었는데 아직도 흥분을 가라앉히지 못하고 있었다.

"원장님, 강우진의 상태는 양호합니다. 어떤 신체적 부작용도 발견되지 않았습니다."

"정말인가?"

"그렇습니다. 다른 때보다 훨씬 꼼꼼히 살펴봤습니다만 외형적으로 아무런 문제도 없습니다."

"음……."

보고를 받은 정석우의 표정이 더욱 침중하게 변했다.

신체검사를 통해 외형적으로 아무런 문제가 없다 해도 변형 DNA가 투입되면서 내부 장기가 손상되었을 가능성도 컸다.

그랬기에 그는 정세희를 바라보며 심각한 표정을 지우지 못했다.

"정 팀장 생각은 어떤가?"

"사전 질문상으로는 내부적으로도 문제가 없는 것 같아요. 발열이나 두통도 없고 식사마저 잘한다고 했어요."

"그건 그 친구 말에 불과해. 우린 그 친구의 말을 곧이곧대로 믿을 수가 없어. 그러니 정밀 검사를 해봐."

"어떤 걸 말씀이죠?"

"전신 MRI를 찍고 위와 대장 내시경도 체크해. 그리고 각종 장기와 신체 변화에 대한 부분들도 정밀하게 살필 필요성이 있어."

"무슨 말씀인지 알겠습니다. 하지만 저 친구는 극단에서 일을 하기 때문에 시간을 내기가 어렵다고 해요. 설득은 해보겠지만 쉽지 않을 수도 있어요."

"보상을 해주게. 극단에서 일하지 못한 보상을 충분히 해주면 되지 않겠어?"

"저번에도 보고 드렸지만 젊은 친구답지 않게 돈에 욕심을 부리지 않아요. 하지만 설득할 방법은 있을 것 같아요."

"그게 뭐지?"

*　　　　*　　　　*

똑같은 행동의 반복.

다른 것이 있다면 커다란 주사기에 한 가득 상당량의 피를 뽑았다는 것이고, 정세희가 나간 후에도 연구원들이 남아 이정재가 살피는 모습을 지켜보고 있다는 것뿐이었다.

신체검사를 하는 동안 연구원들은 긴장된 표정을 숨기지 못했다.

그들에게는 이 신체검사가 어떤 흥미로운 영화보다 긴장되는 것이었고 간절히 바라는 염원일 수도 있었다.

이윽고 신체검사를 끝낸 이정재가 총알처럼 문을 박차고 뛰어나갔다.

그의 행동은 지식이 머리에 가득 찬 박사답지 않게 번개처럼 빨랐는데 무척 흥분된 모습이었다.

이정재는 혼자 오지 않았다.

먼저 들어온 것은 처음 보는 50대 중반의 중후한 인상을 가진 남자였다.

"우진 군, 나는 정석우라고 하네. 들어봤는지 모르겠지만 내가 이 연구소의 원장일세."

그가 자신을 소개하자 강우진의 얼굴이 놀람으로 시커멓게 죽었다.

정석우.

대한민국은 물론이고 지구촌을 들었다 놨다 한 세계 최고의 과학자였다.

그가 노벨 화학상을 수상했을 때 대한민국의 전 언론이 한동안 그에 대해서 집중적으로 보도했기 때문에 강우진도 이미 알고 있는 사람이었다.

어떤 과학 전문지에서는 그를 과학계의 신이라 불렀을 정도로 어마어마하게 유명한 사람이 바로 그였다.

"미리 들었겠지만 이 실험을 시작하면서 부작용이 생기지 않은 사람은 우진 군이 처음일세. 외형적으로 말이야. 하지만 우진 군, 우리는 다음 단계를 시작하기 전에 자네의 몸을 더 꼼꼼히 살펴야겠네. 만약에 발생할지 모르는 불행한 사태를 막기 위해서야."

"전부 조사했는데 또 어떤 걸 해야 되죠?"

"정밀 검진을 받아야 하네. 이틀 정도 소요될 거야."

"저는 일을 해야 되는데요. 그렇게 오래 자리를 비울 수 없어요."

예상했던 대답이 나오자 정석우의 부드러운 표정이 슬쩍 굳어졌다.

이렇게 완강하게 버틴다면 강제적으로 할 수 있는 건 아무것도 없었다.

그때 정세희가 나섰다.

"우진 군이 얼마나 자신의 일에 애착을 가지고 있는지 잘 알아요. 하지만 우진 군이 여기에 온 이유도 그것 못지않게 중요하잖아요. 우리는 우진 군이 정밀 검사를 받지 않으면 다음 단계로 넘어갈 수 없어요."

"그건……."

"도와줘요. 그에 대한 보상은 충분히 할 거예요. 그러니까 이틀만 극단에 휴가를 내면 좋겠어요."

자신을 빤히 바라보는 정세희의 눈에 간절함이 담겨 있었다.

하지만 그 간절함은 자신 역시 정세희에 못지않게 강했다.

임상 실험을 하기 위해 미성연구소에 온 것은 그녀의 말처럼 태어날 때부터 가지고 있던 이 더러운 허물을 벗어던지고 싶었기 때문이다.

극단에서 열심히 일해 새롭게 만들어낸 자신의 꿈을 키워나가는 것도 중요했으나 그것보다 더 중요한 것은 바로 자신의 외모를 바꾸는 일이었다.

죽을 생각까지 했다. 자신의 외모 때문에…….

그랬으니 무슨 짓인들 못 할까.

*   *   *

이틀 동안 휴가를 내고 연구소에서 지정해 준 서울병원에서 이틀간 초정밀 검사를 받았다.

이름조차 듣지 못했던 수많은 검사.

서울병원은 국내 최고의 병원이었는데 미성연구소의 정석우 박사가 특별히 부탁했기 때문인지 그에게는 최고의 의사들이 직접 따라붙어 검사를 시행했다.

3단계 주사를 맞은 것은 그로부터 3일 후였다.

다행스럽게 자신의 몸 상태는 초고도 비만 증세 외에 아무런 이상이 없다고 했다.

정세희는 검사를 하는 동안 직접 따라다니며 챙겨줬는데 강우진의 몸에 아무런 이상이 없다는 종합 소견이 나오자 뛸 듯이 기뻐했다.

연구소에서는 3단계 주사를 맞고 나오는 강우진에게 3백만 원이란 거금을 주었다.

일을 하지 못한 보상과 실험 비용이라며 준 돈이었는데 생각보다 훨씬 커서 깜짝 놀랐다.

실험은 차례대로 진행되었다.

단계가 진행되었음에도 강우진의 몸에는 아무런 이상이 나타나지 않았기 때문에 연구소에서는 초긴장 상태에서 실험 단계를 높여 나갔다.

연구소에서 강우진에게 지불한 금액은 실험 단계가 높아질수록 커졌다.

매 단계가 진행될 때마다 연구소에서는 100만 원씩 금액을 증가시켰고 일주일에 2번씩 연구소에 들러 신체 변화를 살필 때마다 100만 원씩 더 줬기 때문에 통장 잔고가 기하급수적으로 늘어났다.

강우진에게는 엄청난 돈이겠지만 연구소 측에서 봤을 땐 아무것도 아니었다.

아니, 강우진이 인류의 운명을 바꿔놓을 수 있는 중요한 자원인 이상 그가 원한다면 훨씬 커다란 보상을 받을 수 있었을 것이다.

하지만 강우진은 연구소에서 주는 돈을 그저 감사하게 받아들였다.

그는 욕심을 부리지 않았다. 그의 관심은 연구소 사람들이 말하는 것처럼 모든 실험이 끝났을 때 외모가 바뀔 수 있냐는 것뿐이었다.

이제 실험은 마지막 7단계만 남겨놓고 있었다.

비상에서 차기작으로 준비한 '인생역전'은 뮤지컬 연극이었
다.

한 남자가 로또를 맞아 새로운 인생을 살기까지의 과정을
극으로 표현한 건데 뮤지컬 형식이었기 때문에 대사와 노래가
반반을 차지했다.

연극은 영화와 다르게 적은 숫자의 인원이 출연한다.

많아봐야 10명 이내의 배우가 출연하는데 '인생역전'에 나오
는 배우의 숫자는 4명이 전부였다.

연극에 나오는 배우의 숫자가 이렇게 적은 것은 이유가 있
었다.

하루에 두 번씩 공연하는 연극은 배우들이 2교대로 투입되
기 때문에 출연하는 배우가 실질적으로 8명이 된다.

최소의 투자로 최대의 효과를 보기 위해서는 최소의 인원
을 배정할 수밖에 없는 것이 현실이었다.

10년 동안 절찬리에 공연 중인 '아가씨의 사랑'에 나오는 숫
자가 6명이었으니까 현재 비상 소속의 연기자 대부분이 공연
에 투입되고 있는 실정이었다.

연극 한 편을 공연하기 위해 배우들이 투자하는 시간은 상

상을 초월할 정도로 길다.

최대 1년부터 최소 몇 개월 동안 배우들은 자신의 배역을 소화하기 위해 구슬땀을 흘리며 노력하는데 완벽한 공연을 통해 대박을 터뜨릴 수만 있다면 그들은 한 단계 더 높은 곳으로 성장할 수 있기 때문이다.

'인생역전'에 나오는 노래들은 자작곡이 많았고 대중가요를 부르는 경우도 가끔 있었다.

그건 다른 뮤지컬 연극들도 마찬가지였다.

'인생역전'이 공연된 지 2달째.

강우진은 인생역전의 스태프로 배치되어 일하고 있었기 때문에 공연만 벌써 100번 가까이 봤다.

순탄한 공연.

'아가씨의 사랑'처럼 대박을 터뜨린 건 아니지만 '인생역전'은 관객들의 호평 속에서 절찬리에 공연이 지속되었다.

연속 대박을 꿈꾸며 순탄하게 흥행을 해나가던 '인생역전'에 문제가 터진 것은 관객들이 가장 많이 찾는 토요일 첫 번째 공연 때였다.

이미 관객들은 입장을 시작해서 좌석에 앉기 시작했는데 주연 배우인 김상태가 교통사고를 당해서 병원으로 실려 갔다는 소식이 전해져 왔다.

그 소식을 들은 한국영의 얼굴이 하얗게 질렸다.

공연 펑크는 극단의 신뢰에 가장 치명적인 독약이었다.

한국영의 전화기가 불이 났다.

그는 김상태의 상황을 확인함과 동시에 공연의 지속을 위해 안간힘을 쓰고 있었는데 시간이 갈수록 소리가 커졌다.

"민철이 지금 위치가 어디야?"

"제가 전화해 봤더니 용인에서 올라오고 있는 중이랍니다."

"미친놈, 토요일에 거기는 왜 가!"

"걔는 2부 공연이잖아요. 아직 걔가 공연하는 시간까지 4시간이나 남았습니다. 뭐랄 일이 아닙니다."

"에이, 씨발!"

한국영이 담배를 신경질적으로 빼어 물었다.

황민철이 극단에 있었다면 금방 해결될 일이었지만 용인에서 올라오고 있다고 하니 그를 투입하는 건 불가능한 일이었다.

그랬기에 그는 담배에 불을 붙여서 한 모금 빨아들인 후 급하게 말을 이었다.

"준호 어디 있어?"

"1층에 있습니다."

"그놈 한동안 상태 역을 연습하지 않았어?"

"그랬죠. 하지만 노래가 전혀 안 되서 포기했잖습니까. 걔는 대사 전문 배웁니다."

"전혀 안 될까?"

"대사는 되겠지만 노래는 안 될 겁니다. 워낙 노래 실력이 떨어져서 공연하기에는 무립니다."

부단장인 손석환이 고개를 흔들며 강하게 거부 반응을 나타냈다.

요즘 관객들의 수준은 예전과 다르게 하늘로 치솟을 만큼 높아졌다.

그런 관객들에게 수준 이하의 공연을 하게 된다면 극단 비상은 공연을 펑크 낸 것 못지않게 대미지를 받게 될 것이다.

서현탁이 갑자기 나선 것은 두 사람이 공연을 중단하는 것에 대해서 심각하게 논의하고 있을 때였다.

"형, 노래는 우진이가 할 수 있어요."

"뭐?"

"지금 관객들이 전부 들어와 있잖아요. 이런 상황에서 펑크 내는 건 아니라고 생각해요. 준호 형이 대사만 하고 노래는 우진이가 무대 뒤에서 하면 되지 않을까요?"

"무슨 말도 안 되는 소릴 하고 있어. 연극에서 무슨 립싱크를……."

강하게 부정을 하던 한국영의 말이 끝에서 흐려졌다.

언젠가 동생 놈에게서 강우진이 코리아 스타까지 나갈 정도로 노래를 잘한다는 소리를 들었기 때문이다.

문준호가 주인공 역을 연습한 적이 있으니 대사나 모션에
만 문제가 생기지 않는다면 충분히 가능한 일이란 생각이 들
었다.

문제는 잡일이나 하던 강우진이 노래를 꿰차고 있느냔 것이
었다.

"현탁아, 우진이 그놈 노래 가사나 음에 대해서 알아?"

"그럼요. 걔가 거기 담당이잖아요. 더군다나 노래를 워낙
잘 부르기 때문에 빠삭해요."

"좋아, 그럼 넌 지금 당장 가서 우진이 불러와!"

*   *   *

한국영의 부름을 받은 강우진은 부리나케 달려 사무실로
들어왔다.

사무실에는 단장을 비롯해서 여러 명이 있었는데 그가 들
어오자 반겨하는 분위기가 역력했다.

"우진아, 너 노래 좀 해야겠다."

"예?"

무슨 소린지 알아듣지 못한 강우진이 눈을 동그랗게 뜨자
한국영이 급하게 말을 이었다.

"상태 놈이 교통사고를 당해서 못 와. 그래서 준호가 대타

를 뛰어야 하는데 너도 알다시피 그놈이 노래는 젬병이잖아."

"그래도 제가 어떻게……."

"준호가 노래할 때는 입만 벙긋거릴 거다. 그때 네가 준호 모션에 맞춰서 노래만 불러주면 돼. 어때, 할 수 있겠어?"

"실수하면 어쩝니까. 저는 한 번도 해본 적이 없는데요."

"야, 인마. 네 눈에는 지금 관객들 다 들어와 있는 거 안 보이냐. 실수해도 할 수 없다. 그래도 가급적 실수하지 마. 네가 실수하면 우리 극단 바보 된다."

이건 협박이나 다름없었다.

단장의 입장에서야 썩은 동아줄이라도 잡는 심정이었겠지만 당하는 강우진의 입장에서는 미치고 펄쩍 뛸 일이었다.

자신을 빤히 쩌려보는 단장의 시선을 피해 슬쩍 눈을 돌리자 빙글거리며 웃고 있는 서현탁의 모습이 보였다.

저놈이구나, 이 사달을 만들어낸 범인이.

*   *   *

"야, 이 미친놈아. 아무리 그래도 그렇지 어떻게 그런 생각을 해!"

"기회는 왔을 때 잡으라고 했다. 시간 없으니까 그만 징징거리고 빨리 가자."

방귀 뀐 놈이 성낸다더니 서현탁이 꼭 그 짝이었다.

놈은 강우진의 팔을 붙잡고 무대 뒤편으로 빠르게 걸어갔는데 마치 지가 단장이나 된 것처럼 행동했다.

연기를 공부하다 보니 욕심이 났다.

연극에 대해서 자세히 알지 못했을 때는 뮤지컬 연극이 있다는 것조차 알지 못했다.

비상에서 '인생역전'이란 뮤지컬 연극을 시도한다는 말을 들었을 때 두 눈을 동그랗게 떴을 정도로 놀랐다.

배우들이 관객 앞에서 노래를 한다는 건 상상해 보지 못했기 때문이다.

그러나 비상에 소속되어 있는 배우들의 노래 솜씨는 하나같이 뛰어났다.

나중에 안 일이었지만 비상 정도 되는 극단에 소속되기 위해서는 연기력을 물론이고 가창력까지 지녀야 선발이 된다는 걸 알았다.

100여 회에 달하는 공연을 수발들면서 자연스럽게 노래가 외워졌다.

음정 박자는 물론이고 가사까지 애써 외운 건 아니었으나 시간이 지나자 몸에 익을 정도로 완벽하게 습득되었다.

집에 혼자 있을 때마다 자연스럽게 주인공이 되어 노래를 불렀다.

자신 역시 언젠가는 무대에 서서 주인공이 될 거란 상상을 하면서 관객들을 감동시키겠다는 일념으로 감정에 빠져들었다.

그런 연습을 이렇게 써먹게 될 줄은 상상하지 못했다.

*　　　　　*　　　　　*

연극 '인생역전'은 불우한 환경에서 자라온 가장이 힘들게 살아가는 모습부터 시작된다.

돈이 없어 아이의 학원비를 내지 못했고 결혼기념일조차 착한 아내에게 선물을 하지 못하는 남편.

그럼에도 주인공은 최선을 다해 일을 하며 가정을 돌보기 위해 애를 쓴다.

그러나 냉정한 사회는 그에게 끝없는 괴물처럼 고통과 고난을 주면서 절망의 나날들을 보내게 만든다.

가난이라는 지겨운 현실. 그 현실에서 벗어나고 싶어 하는 가장에게 어느 날 로또 1등이라는 행운이 찾아온 건 월세가 밀려 모든 식구가 길거리로 쫓겨나던 날이었다.

그때부터 주인공은 가족들을 등한시한 채 방탕한 생활 속으로 빠져든다.

생활은 풍족해졌으나 돈은 없어도 서로를 사랑하며 행복했던 가정은 풍비박산이 나버리고 만다.

결국 사기를 당해서 모든 돈을 잃어버린 후 집으로 돌아왔을 때 돌아와 달라며 애절하게 부탁하던 아내의 차가운 시신을 확인하고 후회한다는 것이 극의 핵심 줄거리였다.

연극이 진행되는 동안 주인공이 부르는 노래는 모두 다섯 곡이었고 극의 전반부에 걸쳐 산재되어 있었다.

강우진은 연극이 시작되자 긴장감으로 입술을 핥았다.

얼마나 긴장했는지 입술은 침을 묻혔어도 금방 하얗게 말라갔다.

"긴장 풀어."

"방해하지 말고 저리 가, 이 나쁜 놈아."

"나쁜 놈이라니, 구세주지. 너 나중에 분명 나한테 고마워할 거다."

"알았으니까 좀 떨어져. 곧 노래 시작해야 된단 말이야."

"잘해, 난 저쪽에 있을 테니까."

극이 진행되는 것을 확인한 서현탁이 강우진의 어깨를 찰싹 두드린 후 뒤로 몇 걸음 물러났다.

그곳에는 단장인 한국영을 비롯해서 스태프들이 잔뜩 긴장된 모습으로 무대를 지켜보고 있었다.

드디어 문준호의 손이 올라가는 것이 보였다.

생활고에 찌들어 힘들어하던 가장이 자신의 처량한 신세에 대해 한탄하는 노래를 부르는 순서가 다가온 것이다.

*　　　　　*　　　　　*

　서현희와 김민희는 둘도 없는 친구였다.

　고등학교 때부터 단짝으로 붙어다니던 그녀들은 같은 대학
교로 진학해서 과는 달랐지만 매일 붙어다니는 사이였다.

　서현희가 연극을 예매한 것은 월요일이었다.

　같이 붙어다니다 보니 취미도 거의 비슷했는데 그녀들은
가끔가다 연극 보는 걸 즐겼다.

　물론 영화도 자주 본다. 그럼에도 연극을 즐기는 것은 현장
에서의 생동감이 영화와는 다른 즐거움을 주기 때문이었다.

　이번에 서현희가 준비한 것은 '인생역전'이란 연극이었다.

　요즘 잘나간다는 설명을 들었지만 김민희는 인터넷에서 연
극의 줄거리를 살펴본 후 시큰둥한 표정을 지었다.

　연극의 주제가 너무 어두웠고 줄거리가 너무 상투적이라
마음에 들지 않았다.

　그럼에도 막상 토요일이 되어 대학로에 나오자 생동감이 마
구 차오르기 시작했다.

　연극 시간보다 한 시간 먼저 도착해서 대학로를 걷자 자신
들처럼 수많은 청춘이 활짝 피어오른 꽃들과 함께 거리를 꽉

채우고 있었다.

대학로에는 따뜻한 봄 햇살 속에서 길거리 공연이 한창 벌어지는 중이었다.

걸음 사이사이에 멈춰 서서 노래와 춤을 감상했다.

공연하는 사람의 노래에 맞춰 박수를 쳤고 웃음을 터뜨리며 즐거운 시간을 보냈다.

간단하게 샌드위치로 요기를 마치고 연극이 시작되는 시간에 맞춰 극장으로 향했다.

언제나 느끼는 거지만 연극이 공연되는 극장의 의자는 영화관보다 훨씬 불편하고 작았다.

"재밌으면 좋겠다."

"인터넷에 보니까 저번에 봤던 아가씨의 사랑보다는 못하지만 평이 괜찮더라. 이왕 보러 온 거니까 마음을 열고 감동 있게 보자구."

자리를 찾아 앉으면서 김민희가 중얼거리자 서현희가 다독였다.

오랜 세월을 같이했기 때문에 친구의 마음이 어떤지 단박에 알 수 있었던 그녀는 자신이 준비한 연극이 정말 괜찮아서 친구를 흡족하게 만들어주길 바랐다.

그러나 그녀의 바람과는 다르게 처음부터 삐걱거렸다.

시작할 시간이 5분이나 지났는데 무대의 막이 올라가지 않았던 것이다.

"현희야, 왜 이러지? 뭐가 준비가 안 됐나 봐."

"금방 시작하겠지. 여기 물 마셔."

"이궁, 왜 자꾸 물 마시래. 연극 보다가 오줌 마려우면 어쩌려구."

"키킥… 바보, 그러니까 적당히 마시면 되잖아."

"몇 번이나 말했어. 난 짧아서 안 된다고!"

김민희가 살짝 소리를 높였다. 하지만 화가 나서 그런 건 아니었다.

서로 바라만 봐도 즐겁고 웃음이 나오는 사이였으니 친구의 농담에 짐짓 화난 척한 것뿐이다.

무대가 올라간 것은 그녀들이 서로를 바라보며 킥킥대고 작게 웃음을 터뜨릴 때였다.

연극은 김민희의 생각처럼 지루하지 않았다.

줄거리는 소개된 것처럼 진행되었으나 요소요소에 유머가 담겨 있었고 감정선을 건드리는 부분들이 있어 무난하게 집중할 수 있었다.

그녀들의 눈이 휘둥그레 커진 것은 뮤지컬 연극답게 주인공의 노래가 시작되었을 때였다.

무대를 장악하는 음색과 감정.

자신의 처지를 비관하는 주인공의 노래는 완벽하게 극장을 휩쓸며 관객들로 하여금 숨조차 쉬지 못하게 만들었다.

첫 노래가 끝나고 그 감정선이 고스란히 전달되면서 연극에 대한 집중도가 훨씬 커졌다…….

다른 사람들의 노래는 주인공의 것에 비해 현격히 떨어졌지만 주인공의 노래가 나올 때마다 객석이 들썩였다.

로또에 당첨되었을 때의 즐거움과 방탕함에 빠져들어 쾌락에 젖었을 때의 노래는 관객들의 마음을 들뜨게 만들 정도로 정열적이었다.

그러나 하이라이트는 주인공이 부른 마지막 노래였다.

사기를 당해 거지가 되어 집으로 돌아온 그를 맞이하는 아내의 시신.

그 시신을 붙잡고 오열하면서 주인공이 부른 노래는 바로 '그리움의 끝'이라는 곡이었다.

떠난 아내를 향한 그리움. 그 속에 담겨 있는 슬픔.

모든 것을 잃어버린 중년 남자의 끝없는 절망이 관중석을 향해 거대한 파도가 되어 몰려들었다.

서현희는 어느새 친구인 김민희의 손을 꼭 붙잡고 있었다.

떨리는 몸.

저 사람의 슬픔과 고독이 가슴속으로 파고들며 회사 생활을 하고 있는 아버지의 모습이 떠올랐다.

아버지는 영업을 하시면서 이틀 걸러 한 번 꼴로 술에 취해 들어오셨다.

그런 아버지를 그녀는 못마땅한 눈으로 바라보곤 했다.

아무리 돈을 버는 것이 중요해도 가족들을 버려두고 매일처럼 술을 마시며 늦게 들어오는 아버지를 그녀는 이해할 수 없었다.

뿌연 눈물이 얼굴을 타고 흘렀다.

주인공의 몸부림이 아버지의 모습과 겹쳐지면서 눈물은 멈출 줄을 몰랐다.

어느새 자신의 손을 마주 잡고 있던 김민희의 눈에서도 눈물이 흐르는 게 보였고 관객석 여기저기서 훌쩍이는 소리가 들려왔다.

노래가 주는 감동.

그녀는 언제까지나 주인공의 노래가 끝나지 않기를 바라면서 연신 손수건으로 자신의 얼굴을 훔쳐내길 반복하고 있었다.

제8장
변화

　연극이 끝나고 배우들이 무대로 나와 인사를 했을 때 모든 관객이 일어나 기립 박수를 쳤다.

　그들은 진심으로 감동적인 무대를 봤다며 행복해하고 있었는데 끝없는 환호는 한동안 멈출 줄을 몰랐다.

　강우진은 관객들의 반응을 보며 커다란 한숨을 내쉬었다.

　다행이다.

　혹시라도 실수를 할까 봐 얼마나 가슴을 졸였던가.

　하지만 자신은 타고난 노래꾼인 모양이었다. 막상 무대가 시작되면서 문준호의 액션에 맞춰 노래를 하자 금방 감정에 빠져들 수 있었다.

잔뜩 긴장했던 강우진이 연극이 끝나고 녹초가 되어 돌아설 때 뒤에 서 있던 서현탁이 뛰어나오는 것이 보였다.

"우진아, 이 새끼야. 최고였다."

"시끄러워. 힘들어 죽을 지경이다."

"저기, 단장님 보이지. 단장님하고 부단장님이 너 노래할 때 움직이지도 못했어. 연신 감탄을 하면서 어디서 저런 괴물이 나왔냐고 난리도 아니야."

"무사히 끝내서 다행이다. 잘못되면 어쩌나 온몸이 벌벌 떨릴 정도로 긴장했어."

"그래도 어필은 했잖냐!"

서현탁이 가리키는 곳에는 한국영이 무대에서 내려오는 배우들에게 수고했다는 인사를 하고 있었다.

기립 박수까지 받은 배우들을 그는 활짝 웃으며 한 번씩 안아주고 있었는데 흡족함이 얼굴에 가득 담겨 있었다.

그와 부단장이 강우진에게 다가온 것은 배우들이 의상을 갈아입기 위해 무대 뒤쪽으로 사라졌을 때였다.

"우진아, 수고했다."

"아닙니다."

"인생역전이 시작되면서 기립 박수를 받은 것은 이번이 처음이야. 이 모든 것이 네 덕분이다."

"그렇게 생각해 주서서 고맙습니다. 그런데 관객들이 박수를 쳐준 건 저 때문이 아닌 것 같아요. 오늘따라 배우들이 연기를 너무 잘해주셨거든요."

"인마, 겸손이 심하면 보기 안 좋아. 네 노래는 베스트 중의 베스트였어. 나는 네 노래를 들으면서 심장이 멈추는 줄 알았다. 그래서 말인데, 상태 올 때까지 네가 노래를 하면 어떻겠냐?"

＊　　　＊　　　＊

폭발적인 인기.

강우진이 노래를 불렀던 토요일 공연이 끝나면서 인터넷에서는 감동적이었다는 감상평이 올라오기 시작하더니 점점 더 그 숫자가 봇물처럼 터졌다.

인터넷 유저들의 감상평은 문준호의 연기보다 노래에 초점이 맞춰져 있었다.

관객을 감동시키는 노래의 향연. 연극 막바지에 펼쳐지는 감동을 그들은 적나라하게 노출시키며 이 연극의 장점을 세세하게 나열했다.

그러나 그 누구도 문준호의 노래가 대역에 의해 불러졌다는 걸 눈치채지 못했다.

워낙 가까운 데서 육성으로 불렀고 문준호의 모션과 강우진의 노래가 신비로울 정도로 완벽하게 일치해서 연극에 빠져든 관객이 그걸 캐치한다는 건 불가능에 가까운 일이었다.

김상태는 교통사고로 한 달 정도 입원 치료가 필요해서 문준호가 대역을 계속 맡았기 때문에 강우진은 매일 한 번씩 노래를 부를 수밖에 없었다.

처음 시작할 때는 고민 끝에 어쩔 수 없이 대역을 썼던 단장은 관객들의 호응이 폭발적으로 일어나자 당연하듯 강우진에게 노래를 맡겼다.

시간이 지나면서 '인생역전'은 '아가씨의 사랑'에 못지않은 인기를 끌었다.

특히 문준호가 나오는 공연은 예매가 시작되자마자 금방 동이 났는데 인터넷의 감상평이 주로 그에 대한 이야기가 대부분이기 때문이었다.

단장인 한국영의 얼굴은 웃음이 멈추지 않았다.

뜻밖의 수확으로 '인생역전'이 대박을 터뜨리자 그는 강우진에게 용돈이나 하라며 특별 보너스로 50만 원을 선뜻 내줬다.

그는 마치 보물을 얻은 것처럼 강우진을 대했는데 최대한 빠른 시간 내에 쫓아내겠다던 결심은 이제 어디서도 찾아볼 수가 없었다.

정신없이 일하다 보니 시간이 어떻게 가는지 모를 정도였다.

비록 얼굴을 관객들에게 보인 건 아니었으나 자신의 노래가 무대에서 울려 퍼진다는 사실 하나만으로도 충분할 만큼 행복했다.

　살아 있다는 사실.

　무언가를 이뤄내며 살 수 있는 삶. 가진 것은 없어도 그런 삶을 살 수만 있다면 행복한 인생이지 않겠는가.

　　　　*　　　　　*　　　　　*

　"내일인가?"

　"예, 드디어 내일이네요."

　"여전히 부작용은 없지?"

　"없어요, 전혀. 정말 이해되지 않을 만큼 모든 게 깨끗해요."

　"정밀 검사 결과는?"

　"모든 수치가 정상이에요. 우진 군의 몸 상태는 일주일에 두 번 계속 관찰해 왔고 단계가 진행될 때마다 정밀 검사도 해왔지만 조금의 이상도 발견되지 않았어요."

　정세희가 밝게 대답했다.

　그녀는 요즘 들어 신이 난 것 같았다.

　비록 정석우의 이론을 바탕으로 그녀의 연구 결과 및 실험이 합쳐진 것이지만 오랜 노력에 대한 결실을 얻을 수 있다는 희망은 그녀를 활기에 넘치도록 만들었다.

그 모습을 보면서 정석우 박사가 빙그레 웃었다.

제 딴에는 나이를 먹었다고 툴툴대지만 그에게는 아직도 정세희가 철부지처럼 보였다.

"우진 군의 DNA에는 변화가 관찰되었어?"

"그건 아직입니다. 하지만 우리의 변형 DNA는 마지막 7단계가 마무리되어야만 완성되는 것으로 설계되어 있잖아요. 마지막 주사가 투여되면 변형이 일어나기 시작하겠죠."

"정 박사, DNA의 지도가 우진 군의 몸속에서 새롭게 자리를 잡는다면 본래 가지고 있던 DNA가 파괴될 수도 있다는 걸 잊으면 안 돼. 지금 우리가 하고 있는 일은 신의 영역을 넘보는 일이고 어떤 인간도 가보지 못했던 미지의 세계를 탐험하는 거야. 어떤 난관이 우릴 기다리고 있을지 모른다는 얘기지. 그러니 끝까지 최선을 다해야 해."

"알고 있어요. 우리의 예상대로라면 최대 3개월 이내에 결판이 날 거예요. 그때까지 저희 팀은 비상 상태로 대기하면서 우진 군을 철저히 캐어해 나갈 생각이에요."

"그래주게. 인류의 운명이 바뀔 수도 있다는 것 명심해. 이연구는 단순히 개인의 영달에 국한된 것이 아니라 대한민국, 아니, 세계의 고통받고 있는 모든 이를 위한 것이라 생각해야 돼. 나는 진심으로 이 연구가 성공되어 모든 인간이 행복한 세상에서 살아갈 수 있기를 바라네."

*　　　*　　　*

7단계 임상 실험이 시작되는 날.

강우진은 버릇처럼 터벅터벅 걸어 미성연구소로 향했다.

연구소에서 입금해 준 돈은 차곡차곡 그의 통장에 입금되어 점점 크게 불어나는 중이었으나 그는 여전히 버스를 타지 않고 걸었다.

몸무게가 120㎏이 넘으니 곰이 한 마리 굴러다는 것처럼 보였을 테지만 연구소 정문까지 마중 나온 이정재의 눈에는 그렇게 보이지 않았던 모양이다.

벌써 4달째 계속 봐왔기 때문에 이정재는 우진을 향해 편하게 말을 내렸다.

하긴 나이 차가 12살이나 났으니 당연한 일이다.

"우진아, 드디어 마지막이다."

"그러네요."

"정말 잘 버텨줬어. 고맙다."

"왜 이러세요. 쑥스럽게……."

그의 손에 이끌려 연구소로 들어서자 정세희를 비롯해서

유전자 성형 팀의 연구원들이 모두 나와 그를 기다리고 있었다.

그들의 얼굴에는 웃음이 들어 있었는데 강우진을 바라보는 간절한 시선에는 기대감이 가득했다.

이윽고 정세희의 안내로 임상 실험실에 들어간 강우진은 그동안 해왔던 것처럼 의례적인 신체검사를 마친 후 7단계 주사를 맞았다.

이미 연구소 측에서는 6단계가 지나면서 그의 몸을 여섯 번이나 살폈고 서울병원에서 정밀 검사까지 마친 상태였지만 그들의 강우진에 대한 집중은 조금도 누그러지지 않았다.

그가 마지막 변형 DNA 주사액을 맞을 때는 정석우 박사도 자리를 함께했다.

정석우 박사는 정세희에 이어 이정재가 피부 검사를 거의 다 마쳤을 때 방으로 들어왔는데 팔짱을 낀 채 심각한 표정을 지우지 못했다.

자신의 모든 혼이 들어간 마지막 종착역이 눈앞에서 펼쳐지고 있었으니 긴장과 초조는 당연한 것이었다.

주사를 모두 맞고 강우진이 침대에서 일어나자 정세희가 불쑥 다가왔다.

"고생했는데 채혈을 몇 차례 더 해야 돼. 힘들겠지만 참아 줘."

"주사 맞기 전에 벌써 뽑았잖아요."

"그건 DNA 투입 전이고 이번에는 마지막이라 투입 후의 피가 필요해. 그래야 전후의 DNA가 어떻게 변화하면서 진화하는지 알 수 있거든. 그러니까 3시간만 기다려 줘. 1시간에 한 번씩 3번을 뽑아야 하니까 조금 힘들 거야."

"채혈만 끝나면 돌아갈 수 있나요?"

"당연하지."

*　　　　*　　　　*

커다란 주사기에 가득, 한 시간마다 3번의 채혈을 끝냈다.

오늘만 벌써 4번째 채혈을 했으니 결코 쉬운 일이 아니었다.

그럼에도 강우진은 돌아갈 수 있다는 사실에 모든 채혈이 끝나자 얼굴이 밝아졌다.

그러나 그와는 다르게 정세희의 표정은 채혈이 진행될수록 점점 굳어져 가고 있었다.

"우진아, 이젠 2일에 한 번씩 연구소에 와야 해. 정밀 검사도 계속 받아야 하니까 절대 잊으면 안 돼."

"알겠습니다. 그런데 팀장님 안색이 안 좋아요."

"무리해서 그런가 봐. 걱정하지 마."

"어디 아픈 줄 알았어요. 그럼 전 이만 가보겠습니다."

"그래."

강우진이 나가는 모습을 보면서 정세희가 가볍게 손을 흔들었다.

하지만 그녀의 얼굴에 있었던 웃음은 강우진이 사라지자 금방 지워지고 말았다.

마지막 7단계 주사는 신의 퍼즐을 맞추는 마지막 열쇠 역할을 하면서 지금까지 투입되었던 DNA의 지도를 완성시키는 데 오늘 뽑은 강우진에게서는 어떤 변화의 조짐도 나타나지 않고 있었다.

너무 조급해하지 말라며 스스로를 다독였지만 스멀거리며 커져 나가는 불안감은 그녀의 몸을 서서히 장악하기 시작했다.

＊   ＊   ＊

인간의 삶이란 도대체 어떤 것일까.

그토록 오랜 시간을 견뎌오며 임상 실험을 했지만 강우진의 몸에는 아무런 변화도 일어나지 않았다.

그동안 3달간 연구소를 들락거리며 연구소 측에 여러 번 물어봤지만 7단계가 모두 끝나야 몸의 변화가 생길 거라는 설명을 들었는데 모든 게 끝났어도 자신의 몸에는 아무런 변화가 생기지 않았다.

또 기다렸다.

연구소 측에서는 사람에 따라 반응이 다르지만 최대 3개월 정도면 결과가 나타날 것이라며 자신을 안심시켰다.

뭔가 불안했다.

자신을 안심시키는 정세희의 얼굴은 점점 더 복잡해지면서 눈에 띌 정도로 어두워져 갔다.

매주 3번씩 연구소로 가서 각종 조사와 테스트를 받았고 병원에도 계속 다녔다.

그들이 강우진의 상태를 살피는 건 실험 단계보다 훨씬 강도가 세졌다.

연구소에 갈 때마다 피를 뽑았고 머리카락과 심지어 정액까지 요구했다.

자신의 몸에서 벌어지고 있는 변화를 측정하기 위함이라는 말 때문에 거부를 할 수 없었다.

괴로웠다.

말을 하지 않았으나 매번 피를 뽑고 자위행위를 해서 정액을 뽑아낸다는 것은 결코 쉬운 일이 아니었다.

서울병원에서의 정밀 검사도 힘들긴 마찬가지였다.

거의 반나절씩 걸리는 검사의 종류는 너무 많아서 헤아리지 못할 정도였다.

미성연구소는 그런 괴로움의 대가로 그에게 많은 돈을 지불했다.

연구소나 병원에 다녀올 때마다 매번 통장에 돈을 넣어줬는데 어제 확인해 본 통장에는 무려 8,500만 원이란 숫자가 찍혀 있었다.

*　　　　*　　　　*

"어떻든가?"

"여전히 변화가 없습니다. 강우진 군의 DNA는 아무런 변화도 보이지 않고 있습니다."

"음……."

정세희의 보고에 정석우 박사의 입에서 깊은 한숨이 동반된 신음 소리가 새어 나왔다.

그 신음이 정세희에게는 천둥처럼 들렸다.

정석우는 그에게 지식의 신과 같은 사람이었다.

유전자공학 분야에서 그가 가지고 있는 지식은 세계 최고를 자랑했기에 정석우 박사의 이론이 잘못되었을 거라고는 꿈에도 생각해 본 적이 없었다.

"박사님, 우리 이론은 완벽했어요. 우진 군의 몸에 주입된 변형 DNA의 단계별 양과 시료 보관의 온도는 물론이고 집행 기간까지 한 치의 오차도 없었어요. 단계별 사후 관리도 완벽했구요. 도대체, 왜 아무런 변화도 보이지 않는 걸까요?"

"나도 자네가 보고한 자료들을 계속 검토했네. 예상대로라면 지금쯤 DNA의 합성 과정이 일어나야 될 시간이야. 아니, 늦어도 한참 늦었지. DNA는 그 특성상 마지막 과정을 거친 후부터 바로 반응하게 되어 있었으니까."

"저도 그 부분에서 이해할 수 없어요. 차라리 부작용을 일으켰으면 좋겠다는 생각이 들어요. 반응이 없다니… 정말 괴롭습니다."

"우리의 희망이 너무 컸다는 생각이 들어. 우진 군에게 부작용이 발생하지 않았을 때부터 의심을 했어야 했어. 지금에 와서 생각해 보니 그 친구가 부작용을 일으키지 않은 건 DNA의 흡수력이 뛰어나서가 아니라 외부의 DNA 자체를 몸에서 원천적으로 배제했기 때문이라 여겨지는군."

"원장님 말씀은 우진 군이 천만 명 중에 한 명씩 생긴다는 돌연변이란 뜻인가요?"

"그 외에는 설명이 되지 않잖아."

"아……."

이번에는 정세희의 입에서 절망에 찬 탄식이 새어 나왔다.

외부 DNA에 전혀 반응하지 않는 존재.

자신의 원천 DNA가 특이하게 강할 때 외부 DNA를 완전하게 차단한다는 논문을 낸 것은 정석우 박사와 유전자공학 분야에서 쌍벽을 이룬다는 미국의 존 홉킨스 박사였다.

정석우 박사는 홉킨스 박사를 존경했지만 유일하게 그 이론만큼은 받아들이지 않았다.

인간인 이상 절대 그런 존재가 있을 수 없다는 게 정석우 박사의 생각이었기 때문이다.

침묵에 잠긴 채 눈을 감고 있는 정석우 박사는 괴로워 보였다.

절대 받아들일 수 없다는 이론의 결과를 눈앞에서 확인했으니 학자로서의 고집을 꺾고 홉킨스의 이론을 인정해야만 했다.

정석우 박사의 눈이 떠진 것은 정세희의 눈에서 눈물이 또르륵 떨어졌을 때였다.

"정 박사, 너무 안타까워하지 말게. 우린 최선을 다했잖아. 아무래도 우리의 연구에 뭔가 문제가 있었던 것 같네. 우진 군에게 부작용이 생기지 않았다는 것 때문에 이론에 문제가 있을 수 있다는 사실을 간과하고 말았던 거야."

"아니에요, 이론은 완벽했어요……."

"완벽이라는 건 없어. 처음부터 말했지만 이 연구는 신의 영역에 도전하는 것이었단 말일세. 나는 우진 군을 우리들에게 보낸 것이 신의 축복이라고 생각했는데 이제 보니 신의 심술이었던 모양이야."

"실험을 종료하자는 말씀인가요?"

"지금쯤이면 우진 군의 몸에 들어간 DNA는 생명력을 상실했을 거야. 원천 차단된 DNA의 소멸 시간은 훨씬 빨라지기 때문이지. 더 이상 기대를 갖는다는 건 욕심일 뿐이야. 그러니 정 팀장, 이제 우진 군에 대한 미련을 버리게."

"알았습니다. 하지만 한 달에 한 번씩이라도 확인하겠어요. 혹시라도 어떤 변화가 있을 수 있으니까요."

"그건 알아서 하게."

고집을 부리는 정세희를 정석우 박사는 굳이 말리지 않았다.

그녀가 연구소에 들어온 후 무려 5년에 걸쳐 준비한 프로젝트였으니 어찌 금방 미련을 버릴 수 있겠는가.

그랬기에 그는 아직도 눈물을 흘리는 정세희를 안타깝게 바라보기만 했다.

그러나 유전공학계의 신이라는 그도 모르는 것이 있었다.

홉킨스 박사의 이론과 완전히 상반되는 존재가 있다는 사실을.

강우진은 외부 DNA를 완벽하게 차단한 것이 아니라 정세희가 바라고 바라던 것처럼 완벽하게 받아들이는 존재였던 것이다.

돌연변이.

그렇다. 강우진은 홉킨스 박사의 논문에서 게재된 부정적 존재가 아니라 완전체에 해당하는 긍정적 돌연변이였다.

*   *   *

정세희는 원장실에서 내려와 임상 실험실로 향했다.

임상 실험실에는 이 프로젝트에 참여했던 강우진과 모든 연구원이 자리를 함께하고 있었다.

원장실에서 엘리베이터를 타고 임상 실험실로 향하는 5분 동안 수많은 후회와 절망을 맛봤다.

지금쯤 정석우 박사는 자신보다 훨씬 커다란 고통 속에서 지금까지 연구해 왔던 모든 것이 부정당한 현실을 힘들게 감내하고 있을 것이다.

연구소에서 일하는 동안 정석우 박사의 말이라면 한 번도 어긴 적이 없었다.

그러나 연구를 포기하자는 이번 지시만큼은 그냥 받아들이고 싶지 않았다.

그랬기에 그녀는 실험실에 들어서면서 연구원들을 전부 밖으로 내보냈다.

"우진아, 아무래도 이번 실험은 실패한 것 같아. 미안해."

"그럼 제 외모가 변하지 않는다는 건가요?"

"네가 가지고 태어난 DNA가 너무 강해서 외부 DNA를 받아들이지 않는 것 같아."

"그럼… 어쩌죠?"

"그래서 말인데, 마지막 7단계 주사를 다시 한 번 맞아보지 않겠니?"

"왜요?"

"저번에 설명했던 것처럼 마지막 7단계 주사는 네 몸에 지금까지 들어간 DNA를 완전체로 만들어주는 마지막 퍼즐 역할을 하는 것이었어. 내 생각에는 7단계 주사가 그 역할을 제대로 수행하지 못해서 네 몸에 변화가 일어나지 않는 것 같아."

"다시 한 번 맞으면 변화가 일어날 수도 있다는 건가요?"

"응, 하지만 확실한 건 아니야. 누나 생각에는 그럴지도 모른다는 거지. 어때, 해볼래?"

"할게요."

잠시 멈칫했던 강우진이 강하게 고개를 끄덕였다.

눈앞에 있는 정세희의 눈에는 간절한 희망과 기대가 담겨 있었다.

정세희가 그동안 이 연구에서 보여준 집념과 노력은 그를 감탄시킬 정도로 대단한 것이었기에 그녀의 기대를 저버리고 싶지 않았다.

그리고 자신의 꿈도 그랬다.

그녀가 포기하지 않는다면 자신 역시 절대 포기하고 싶지 않았다.

*　　　　　*　　　　　*

강우진을 보내는 정세희의 눈에서는 연신 눈물이 흐르고 있었다.

정석우 박사 모르게 시행했던 추가 실험에서도 강우진의 몸은 전혀 반응을 보이지 않았다.

무려 1년이라는 시간.

웬만한 사람들이라면 벌써 오래전에 포기했겠지만 정세희는 끝끝내 강우진을 포기하지 못하고 그 긴 시간을 집착 속에서 살아왔다.

하지만 그녀마저도 일 년이란 시간이 지나자 강우진과 이별을 선택했다.

이미 다른 연구원들은 새로운 프로젝트에 투입되어 정신없이 일하고 있었기 때문에 팀장인 그녀로서도 더 이상 어쩔 도리가 없었다.

"우진아, 잘 가."

"팀장님, 그동안 고마웠어요."

"그건 내가 할 소리야. 정말 말없이 도와줘서 고마워. 누나는 너처럼 잘생긴 남자는 처음이었어. 나중에 알겠지만 여자는 남자를 외모만 가지고 평가하지 않는단다. 우진아, 그러니까 외모 때문에 너무 힘들어하지 마. 네가 가지고 있는 착한 마음과 순수한 정열은 외모를 상쇄할 만큼 훌륭하단다."

"누나, 처음으로 누나라고 불러보네요. 누나도 힘내세요. 누나가 보여준 열정은 정말 대단했어요. 분명 언젠가는 좋은 결과가 있을 거라고 믿어요."

"고마워."

"이제 갈게요. 누나, 행복하세요."

여자의 눈물을 계속 보고 있는 게 괴로운 일이라는 걸 처음 알았다.

그녀의 눈물은 영롱한 이슬 같았고 빛나는 보석과도 닮아 있었지만 그 속에는 함부로 바라볼 수 없는 슬픔 또한 담겨 있었기 때문이다.

그녀의 말은 틀렸다.

여자들이 남자의 외모만 가지고 평가하지 않는다는 그녀의 말은 먹기 좋은 개살구에 불과한 것이다.

강우진은 연구소를 빠져나오며 정세희와 다른 눈물을 흘

렸다.

희망이 사라진 것에 대한 아쉬움과 절망의 눈물이……

그러나 그 눈물은 그리 오래 흐르지 않았다.

몸의 변화.

강우진의 몸이 변화를 시작한 것은 그로부터 6개월이 지난 후부터였다.

*   *   *

아이러니하게도 신체가 변화를 시작된 것은 강우진이 공익이 되어 주민 센터로 출근하기 시작했을 때부터였다.

정세희가 실험이 실패했다는 걸 인정하고 그를 포기한 지 6달이 지난 후였다.

군대를 간다는 건 꿈조차 꾸지 못할 일이었다.

숨이 막힐 정도의 과체중에 극심한 근시안을 가졌으니 공익이 된 것도 신기할 지경이었다.

여직원들은 그가 처음 출근하던 날 실망한 기색이 역력했는데 이왕이면 잘생긴 남자를 원했던 모양이었다.

차가운 무관심.

그의 삶이 언제나 그랬듯 주민 센터의 직원들은 강우진에 대해서 무관심으로 일관했다.

공익이 되었어도 그의 삶은 크게 변하지 않았다.

평상시 주민 센터에서 일해야 된다는 사실을 제외한다면 주말엔 여전히 극단에 나가 일을 했고 연기 공부도 계속해서 병행해 나갔다.

통장에 돈이 생긴 이상 늦었지만 대학에 진학하고 싶다는 생각이 들어 그는 시간이 날 때마다 공부에 빠져들었다.

실험으로 번 돈을 덥석 부모님께 드리지 않았다.

아들이 몸을 팔아 돈을 벌었다는 사실만큼은 절대 부모님께 알리고 싶지 않았기 때문이다.

지금의 그로서는 다른 이유를 댄다는 것이 쉽지 않았고 설혹 말도 안 되는 변명을 댄다 하더라도 부모님은 믿지 않았을 것이다.

그렇다고 부모님의 어려움을 모른 체하려는 건 아니었다.

정말 부모님에게 큰돈이 필요할 때 도와줄 생각이었다.

그중 하나가 동생의 대학 등록금을 보태주는 것이었다. 동생 놈은 며칠 전 새로운 핸드폰을 사주자 뛸 듯이 기뻐했는데 강우진이 돈을 벌어 자신에게 선물을 했다는 게 너무나 신기한지 고맙다는 말을 하면서 입을 다물지 못했다.

한 가지 아쉬운 점이 있다면 서현탁이 현역으로 군대에 갔다는 것이었다.

놈은 군대에 가지 않으려 애를 태웠으나 강우진이 가지고 있던 이유를 서현탁은 지니고 있지 않았다.

항상 붙어다니던 놈이 사라지자 한동안 옆구리가 텅 빈 것처럼 허전했다.

그럼에도 강우진은 평소에 하던 것처럼 열심히 일했고 열심히 공부했다.

2년이란 시간은 그리 길지 않은 것이니 곧 다시 만날 것을 기약하면서…….

처음에는 살부터 빠지기 시작했다.

그가 공익으로 주민 센터에서 하는 일은 각종 무거운 짐을 나르거나 잔심부름을 하는 것이 대부분이었다.

그랬기에 김 주임과 자주 사우나장을 가기 시작했다.

김 주임은 강우진의 일과를 담당하는 사람이었는데 주민 센터에 필요한 잡일 역시 그의 몫이었다.

그러다 보니 일이 끝났을 때 근처에 있는 사우나장의 단골이 되었다.

땀으로 범벅이 된 상태에서 집으로 돌아갈 수 없다는 논리를 김 주임이 펼쳤기 때문에 목욕탕을 끔찍히 싫어하던 강우진도 끌려갈 수밖에 없었다.

그가 처음으로 몸무게를 측정한 것은 공익으로 근무한 지 보름이 지났을 때였다.

그때의 몸무게는 예전과 별 차이가 없는 121㎏이었다.

사우나장에 가는 주기는 거의 2주에 한 번 꼴이었다.

그때마다 몸무게가 1kg 정도씩 줄어들었다.

처음에는 안 하던 노동을 하다 보니 체중이 줄어든 것이라 생각했지만, 그런 현상이 연이어 계속되자 강우진은 황당함을 숨기지 못했다.

살아오는 동안 몸속에 묻혀 있는 지방들을 제거하기 위해 얼마나 노력을 했었는가.

하지만 그의 몸속에 들어 있는 노폐물들은 운동으로도, 다이어트로도 절대 없앨 수 없었던 절대악과 같은 존재였다.

마음껏 밥을 먹어도 체중은 계속해서 빠졌다.

한꺼번에 확 빠진 것이 아니라 지속적으로 야금야금 빠져나갔기 때문에 같이 근무하던 주민 센터 직원들이나 부모님, 극단 직원들까지 이상하게 생각하는 사람은 없었다.

사람들이 몸 좋아졌다는 소릴 할 때마다 요즘 이를 악물고 운동을 한다며 변명을 댔다. 더 그를 미치고 펄쩍 뛰게 만든 것은 안경을 몇 달 주기로 바꿔줘야 한다는 것이었다.

점점 눈이 좋아지고 있어 기존의 안경으로는 버틸 수가 없었다.

0.1까지 갔던 근시안은 계속해서 업그레이드가 되며 좋아지고 있었는데 최근에 측정했을 때는 양쪽 다 0.5까지 올라와 있었다.

눈이 좋아지는 것과 동시에 얼굴의 형태도 서서히 바뀌고 있었다.

얼굴 전체에 깔려 있던 여드름은 6달만에 완벽하게 사라졌고 불쑥 솟아올랐던 광대뼈와 잇몸의 형태가 들어가면서 대신 턱과 이마가 균형을 잡히며 튀어나오기 시작했다.

강우진이 공익으로 주민 센터에서 일한 지 1년이 되었을 때 그의 몸무게는 무려 25kg이 빠져 있었고 얼굴의 형태도 상당 부분 달라져 있었다.

사람들이 그런 강우진의 변화를 인식하지 못하고 자연스럽게 받아들인 건 그의 변화가 워낙 천천히 이루어졌기 때문이다.

*　　　　　*　　　　　*

강우진은 거울을 통해 변해 버린 자신의 모습을 바라봤다.

1년 전과는 전혀 다른 몸매였고 얼굴이었다.

만약 1년이란 긴 시간 동안 서서히 변화되지 않았다면 사람들은 성형 수술을 한 것 아니냐며 오해할 만큼 달라진 외모였다.

그를 지겹도록 괴롭혔던 여드름은 말끔히 사라졌고 광대뼈가 들어가는 대신 이마와 턱이 튀어나와 얼굴의 균형을 맞춰

주면서 최근에 와서는 여자들의 호의에 찬 시선까지 느끼게
되었다.

세상에 태어난 처음으로 겪은 일.

여자들에게 혐오스러워하는 눈길을 받지 않는다는 것만으
로도 살 것 같았는데 호의에 찬 시선이라니.

정세희에게 연락을 취할까 고민하다가 결국 하지 않았다.

지금 자신의 몸속에서 벌어지고 있는 변화들은 미성연구소
의 실험 결과인 것이 분명했다.

어쩌면 배신일 수도 있었고 연구에 정열을 바쳐온 분들께
더없이 죄송스러운 일이었으나 어차피 자신은 그들에게 도움
이 되지 않을 것이다.

특이한 체질이라고 했던가.

정세희는 자신의 몸에 부작용이 생기지 않은 이유가 백만
명에 한 명꼴로 태어난다는 유전 특이체 때문일 거라 추측했
다.

그 이야기는 자신이 돌연변이란 뜻이고 다른 사람과는 완
벽하게 다른 체질이란 걸 의미했다.

연구의 결과가 세상 사람들에게 도움이 될 것이란 정세희
의 마음이 자꾸 걸렸으나 정말 자신이 돌연변이라면 자신은
온갖 실험 대상물로서 취급만 받다가 결국 버려질지 모른다.

외모가 변하기 전의 모습과 변한 후의 모습이 세상에 공개

되며 동물원의 원숭이 취급을 받게 될 것이고 언론들이 벌 떼처럼 달려들어 자신은 물론이고 가족들마저 고통 속에서 살아가게 될 가능성이 컸다.

자신 역시 잘 알고 있었다.

유전자를 변형시켜 인간의 신체를 변화시킨다는 건 신의 영역에 도전하는 오만한 인간의 도전이었다.

그 도전의 성과물로서 자신이 세상에 나타났을 때의 결과가 한없이 두려웠다.

*   *   *

강우진의 외모는 끝없이 진화되었다.

공익을 마칠 때까지 2년 동안 그의 몸무게는 45kg이나 빠졌고 얼굴의 외형도 완벽하게 변해 전혀 새로운 사람이 되었다.

더욱 그의 변화를 완벽하게 만든 것은 안경을 벗어던졌다는 것이었다.

시력이 2.0까지 올라온 강우진은 더 이상 안경을 쓸 필요가 없어졌다.

공익 근무를 끝마치고 그가 인사를 할 때 여직원들의 얼굴에서 아쉬움이 가득 담겨 있는 게 보였다.

처음 들어왔을 때 혐오스러운 물건을 본 것처럼 시선을 거두던 그녀들은 어느새 떠나는 강우진에게 간절한 눈빛을 보내고 있었다.

"인간 승리다, 인간 승리야."

"글쎄 말이야. 우진이 쟤 하루에 3시간씩 헬스클럽에서 살았대. 저 몸매 봐, 죽여주잖아."

"아무리 그래도 그렇지. 어떻게 저런 몸매로 변할 수 있지. 완전히 몸짱이야. 텔레비전에 나오는 애들도 저 정도는 아니겠다."

"눈도 수술했다며?"

"라식 수술해서 안경 벗은 거래."

"여드름은?"

"그건 병원 다니면서 치료했다더라."

"안경까지 벗고 여드름이 사라지니까 인물이 완전 달라. 꽃미남이 따로 없네."

"역시 사람은 노력이 최고야. 그렇게 못생겨 보였는데 다이어트를 하고 안경을 벗으니까 꽃미남으로 변하잖아."

이춘화가 동료인 정민숙에게 말을 하면서 한숨을 내리쉬었다.

그녀는 멀어지는 강우진의 뒷모습을 지켜보고 있었는데 대놓고 아쉬움을 숨기지 않았다.

"커피라도 한잔 사줄 걸 그랬다."

"왜?"

"왜긴 왜야. 잘생긴 놈한테 껄떡거리는 건 여자의 본능 아니겠어?"

*   *   *

서현탁이 제대를 하고 돌아온다는 사실에 강우진은 진정으로 기뻐했다.

놈은 자신보다 제대일이 일주일 늦었는데 부대에서 나오기 전에 전화부터 해서 술 사라고 협박을 해왔다.

강우진은 약속 장소를 젊은이들이 자주 가는 서초동의 맥주집 '뮈렌'으로 잡았다.

'뮈렌'은 대학가에 위치해 있었고 분위기가 워낙 좋아 청춘들로 인산인해를 이루는 곳이었다.

그런 장소를 잡은 것은 전방에서 힘들게 군 복무를 마친 서현탁에게 젊은 청춘들의 피가 들끓는 분위기를 선물해 주고 싶었기 때문이다.

물론 예전 같았다면 말도 안 되는 일이었다.

혐오스러운 외모를 지녔을 때는 사람들 속에 있는 것 자체가 고통이었지만 지금은 아니었다.

강우진의 변화된 몸은 모델 뺨치게 바뀌어 이제 밖으로 나가면 사람들이 걸음을 멈추고 쳐다볼 정도였다.

"여기다."

아직 머리가 짧은 서현탁이 두리번거리는 걸 본 강우진이 소리를 쳤다.

서현탁은 말년 휴가를 나왔을 때 붙어다녔기 때문에 금방 강우진의 모습을 확인하고 불쑥 다가와 포옹을 해왔다.

하여간 이놈은 부끄러움을 전혀 모르는 놈이다.

"강우진, 그사이에 또 잘생겨졌네. 우와, 패션 봐라, 죽인다."

아래위로 치켜뜨며 강우진의 몸을 살피는 서현탁의 눈이 감탄으로 일렁거렸다.

군대에 들어갔지만 휴가를 나올 때마다 봤으니 강우진의 변화가 낯설지 않았을 텐데도 다시 만났을 때마다 그는 귀신을 본 것처럼 놀라움을 숨기지 못했다.

오늘 강우진이 입은 것은 청바지에 하얀 면 티였다.

초여름에 어울릴 정도로 단순해서 패션이라고 부를 이유가 전혀 없는 것이었지만 서현탁의 말처럼 그 단순한 옷차림을 입고 있는 강우진의 모습은 프로 모델을 찜 쪄 먹을 정도로 멋있었다.

맥주를 시키고 안주가 나오자 서현탁의 질문이 쏟아지기 시작했다.

"야, 강우진. 저번에 봤을 때 하고 또 분위기가 달라. 도대체 뭐가 변한 거지?"

"글쎄……."

"부작용은?"

걱정스러운 눈을 만든 서현탁이 물어왔다.

세상에서 강우진에 대해 유일하게 아는 놈이 서현탁이다.

놈은 강우진의 몸이 변하기 시작하자 걱정으로 안달하며 부대에 있을 때도 수시로 전화해서 어디 아픈 데가 없는지 걱정했다.

"이제 걱정하지 않아도 될 것 같아. 며칠 전에 정밀 검사를 받아봤는데 모든 게 정상이래. 아니, 오히려 최적의 몸 상태를 가졌다고 의사가 부러워하더라."

"씨발, 다행이다. 그런데 큰일이네. 네가 이렇게 잘생겨졌으니 네 외모가 너무 빛나잖아. 못생긴 놈하고 다닐 때가 좋았는데, 쩝. 저 봐라. 여자들이 전부 빛나는 네 외모를 보잖냐."

입맛을 다시던 서현탁이 옆 테이블에 있던 여대생들의 시선을 의식하며 중얼거렸다.

옆 테이블에는 7명의 여대생이 맥주를 마시고 있었는데 그녀들은 강우진이 들어왔을 때부터 계속 힐끔거리고 있었다.

서현탁의 중얼거림에 강우진이 쓴웃음을 지었다.

놈의 신세 한탄이 재밌기도 했지만 여자들의 시선이 부담되었기 때문이다.

그를 바라보는 여자들의 시선은 옆 테이블뿐만이 아니었다.

뒤에서도 대각선 쪽에서도 그를 볼 수 있는 모든 테이블에 앉아 있는 여자들의 시선이 끝없이 느껴졌다.

기어코 일이 벌어진 것은 강우진의 제안으로 두 사람이 맥주잔을 부딪치며 제대를 축하할 때였다.

"저기요……."

제9장
페가수스 엔터테인먼트ㅣ

갑작스럽게 들려온 목소리.

강우진은 등 뒤에서 들려온 목소리보다 서현탁의 행동에 먼저 반응했다.

서현탁은 자신의 등 뒤에서 말한 목소리의 주인공을 확인하고 마시던 맥주를 뿜어내며 내려놨는데 깜짝 놀란 얼굴이었다.

"뭐냐, 인마. 칠칠맞게!"

부랴부랴 냅킨을 뽑아 흘린 맥주를 닦아낼 동안 서현탁의 눈은 강우진의 뒤에 머문 채 움직이지 않았다.

놈의 입이 열린 것은 강우진이 주섬주섬 닦아낸 냅킨을 한쪽으로 치웠을 때였다.

"무슨 일이죠?"

"어머, 미안해요. 저 때문에……."

"아닙니다. 그런데 저희한테 무슨 볼일이라도?"

대화가 진행되는 동안 강우진의 몸이 반쯤 돌아갔다.

도대체 무슨 일이 생기고 있는 건지 궁금했기 때문이다.

그의 시선에 닿은 곳에는 꽤나 예쁘장한 여학생이 서 있는 게 보였다.

미안해하는 얼굴. 하지만 당황하거나 물러날 기색은 전혀 없었다.

"죄송하지만 사진 좀 찍어줄 수 있나요?"

그녀가 핸드폰을 내밀며 자신의 일행들을 가리켰다.

손가락을 따라간 곳에는 흘끔거리며 자신을 바라보던 옆 테이블의 여대생들이 소근거리며 웃고 있는 것이 보였는데 한눈에 봐도 뭔가 꿍꿍이가 있는 것처럼 보였다.

의도적이었을까?

그랬던 것 같다. 그녀의 내밀어진 손은 강우진을 겨냥한 채 움직이지 않고 있었다.

한눈에 봐도 그녀는 총대를 맨 것 같았다.

내기를 했든 아니면 자원을 해서 왔든 그녀들의 목표가 바로 자신이라는 사실은 분명했다.

강우진은 그녀의 핸드폰을 받아 들고 천천히 자리에서 일어났다.

아무것도 아니다. 하지만 강우진에게는 살아오면서 처음 겪는 경험이었다.

지금까지 그에게 사진을 찍어달라고 부탁해 온 사람은 아무도 없었으니 이런 상황이 벌어질 거란 상상조차 해본 적이 없었다.

자리에서 일어나 그녀들 쪽으로 다가가자 작은 소란스러움이 생겼다.

그녀들의 대화는 그대로 강우진의 귀에 들어왔다.

"가까이서 보니까 훨씬 잘생겼다. 정말 끝내주네."

"키 봐… 우와, 완전 내 스타일이야."

어색하다.

자신을 보면서 귓속말로 주고받는 그녀들의 대화 역시 처음 들어보는 말이었기에 자신도 모르게 살짝 얼굴이 붉어졌다.

185㎝의 키에 76㎏의 몸무게.

환상적인 비율이다.

2년 동안 진행되어 온 몸무게의 변화는 다른 사람들이 감탄을 일으킬 만한 완벽한 몸매를 만들어냈다.

하지만 아직 그의 얼굴에는 조금의 부조화가 남아 있었다.

지금 눈앞에 있는 여대생들에게 잘생겼다는 말을 듣기엔 충분하고도 흘러넘쳤지만 강우진은 거울을 바라보면서 광대뼈와 턱의 형태, 눈가 쪽에서 발생한 미세한 불균형이 마음에 걸렸다.

사람마다 자신의 얼굴에서 단점을 찾아낸다.

그것은 잘생긴 사람이나 못생긴 사람 모두에게 해당되는 이야긴데 거울을 볼 때마다 한두 군데쯤은 원하는 대로 바뀌었으면 하는 바람을 가진다.

그러나 강우진은 조급해하지 않았다.

몸매의 변화는 거의 멈추었지만 얼굴의 진화는 여전히 진행되고 있었으니 그러한 미세한 단점도 언젠가는 교정될 것이라 믿고 있었다.

"어떻게 찍어드릴까요?"

강우진이 말을 하자 그녀들의 눈이 더욱 커졌다.

솜사탕 같은 목소리.

강우진이 만들어낸 중저음의 목소리는 듣는 사람을 한없이 편안하게 만들어 버리는 부드러움을 갖고 있었기에 그녀들의 눈이 단박에 하트로 변했다.

대답을 한 것은 용감하게 왔던 여대생이었다.

"잠깐만요. 이쪽으로 모일 테니까 그때 찍어주세요."

강우진이 이미 켜져 있던 핸드폰 카메라를 치켜들자 여대생들이 부산을 떨면서 자리를 이동했다.

발랄하다. 젊은 청춘들답게 그녀들은 연신 상쾌한 웃음을 터뜨리며 떠들었는데 그 모습이 너무나 보기 좋았다.

사진을 찍는 건 그리 오래 걸리지 않았다.

여대생들이 포즈를 취한다며 부산을 떨었지만 강우진은 그녀들이 포즈를 취하자마자 연속으로 3방을 찍은 후 핸드폰을 탁자에 내려놓고 돌아섰다.

*　　　　*　　　　*

"고마워요."

볼일이 끝났는데도 다시 목소리가 들려왔다.

시선을 돌려 무슨 일인가 확인하자 처음의 그 여대생이 맥주를 양손에 들고 다가온 것이 보였다.

"이건 사진 찍어준 사례예요."

"뭘 그런 걸 다……."

서현탁이 불쑥 일어나 그녀가 가져온 맥주를 황송하게 받았다.

그러자 양손이 편해진 그녀가 대뜸 물었다.

"두 분이 오셨어요?"

"맞아요."

"그럼 저희랑 합석하지 않을래요? 친구들이 고맙다고 같이 한잔하자는데?"

"저희야 황송하죠."

역시 서현탁이 총알처럼 대답했다.

놈은 이런 경우를 처음 당해봤기 때문에 벌써 입이 반쯤 찢어진 상태였다.

일종의 부킹이다.

부킹은 대체적으로 클럽에서 남자들이 마음에 드는 여자들에게 하는 것인데 전혀 예상치 못한 맥주집에서 오히려 부킹을 당했으니 그의 입이 찢어질 만했다.

여대생이 임무를 완수했다며 팔짝팔짝 뛰며 돌아가는 걸 본 강우진의 얼굴에서 쓴웃음이 떠올랐다.

행복한 얼굴로 자신을 바라보고 있는 서현탁에게 강우진이 불쑥 물었다.

"좋냐?"

"좋지. 나도 알아, 인마. 너 때문에 왔다는 거. 그래도 행복하잖아. 친구 따라 강남도 간다는데 내가 어딜 못 가겠냐. 비록 그 길이 여인들로 가득 찬 타락의 길이라도 나는 미련 없이 따라가련다."

"이 자식이. 군대에서 이빨만 늘어서 왔네. 그래, 가자."

강우진이 먼저 자리에서 일어났다.

설레거나 즐거워서 일어난 것이 아니라 순전히 서현탁 때문이었다.

외모가 변한 후부터 수많은 여자의 시선을 받아왔기 때문에 오히려 이런 상황이 부담스럽기까지 했다.

하지만 서현탁은 아니었다.

이놈은 국방의 의무를 무사히 마치고 어제 제대를 한 피끓는 청춘이었다.

친구 놈이 행복할 수만 있다면 그는 오늘 무슨 짓이라도 할 수 있을 것 같았다.

"안녕하세요. 만나서 반가워요."

서현탁을 뒤에 매단 강우진이 먼저 인사를 했다.

지금의 그는 예전 고삐리가 아니었다.

예전의 그는 여자들 앞에만 서면 아무런 말조차 하지 못할 정도로 순진했지만 세월이 흐르면서 성격이 많은 변화를 맞았다.

3년 동안 수많은 연극 무대를 만들며 갖은 고난과 고초를 겪었고, 여배우들과 부딪치며 살아왔기에 여자들에 대한 환상과 두려움을 씻어버린 지 오래였다.

더군다나 오랜 기간 연기 수업을 해왔기 때문에 얼굴에 철판을 까는 것은 일도 아니었다.

강우진의 단순한 인사 한마디에 여대생들의 입에서 이구동성으로 환호성이 터져 나왔다.

"어서 오세요."

"어디에 앉을까요?"

"거기 가운데 앉아주세요. 여러 사람들이 잘 볼 수 있게."

여자들은 친구들과 함께하면 두려움이 없어지는 존재들이다.

더군다나 남자의 숫자가 부족하니 더욱더 그런 모양이었다.

그러나 상대는 강한 심장으로 무장된 강우진이었고 선천적으로 타고난 말빨과 철판처럼 두꺼운 얼굴을 지닌 서현탁이었다.

여대생들의 요청에 서현탁이 과한 액션을 쓰면서 입을 열었다.

놈은 이런 상황에 대해서 미리 연습이라도 한 것처럼 뻔뻔하게 상황을 헤쳐 나갔다.

"원래 제 얼굴은 조금 비싼 편이지만 워낙 아름다운 분들이 요청하시니까 그렇게 해드릴게요."

"키킥킥……."

단 한마디에 여대생들의 입에서 폭소가 터져 나왔다.

말도 안 되는 소리임에도 여대생들의 입에서 즐거움이 가득 찬 웃음이 새어 나온 건 순전히 강우진이 있었기 때문이다.

가진 자의 여유랄까.

아무리 서현탁의 말발이 우주 최강이라도 강우진의 비주얼이 옆에서 환하게 받쳐주지 않았다면 그녀들의 얼굴에서 웃음을 만들어내는 건 불가능한 일이었을 것이다.

단숨에 분위기를 완화시켜 버린 서현탁이 먼저 앉고 강우진이 따라 앉자 그녀들의 질문이 쏟아지기 시작했다.

여대생이라 해서 전부 예쁜 것은 아니다.

이렇게 무리를 지어 있는 경우 모두 상급의 미녀들로 채워지는 건 불가능에 가깝다.

여기는 예쁜 외모를 가진 여자가 셋, 중간 정도가 넷이다.

"두 분은 친구세요?"

"당연하죠."

"나이는요?"

"22살입니다."

"사는 곳은요……?"

호구 조사가 한동안 지속되었다. 그럼에도 강우진은 그녀들의 질문에 꼬박꼬박 대답을 해주었다.

과정이라면 거쳐주는 게 예의다.

그녀들의 입에서 기어코 민감한 질문들이 나오기 시작한

것은 기본적인 호구 조사가 모두 끝난 후부터였다.

"학교는 어디 다니세요?"

"우린 학생 아닙니다."

"예?"

놀란 얼굴들로 변했다. 전혀 예상하지 못했던 대답인 모양이었다.

이곳에 몰린 젊은이들은 대부분 대학생 신분을 가졌기 때문에 당연히 대학생이라 생각하고 질문했는데 엉뚱한 대답이 나오자 그녀들은 당황스러움을 숨기지 못했다.

아직까지 우리 사회의 청춘들은 대학교를 간 놈들과 아닌 놈들로 구분되는데 그 벽이 너무나 높아 깨부수는 것이 불가능하다.

그녀들의 놀람에 강우진이 차분하게 입을 열었다.

여기서 얼굴을 붉히는 순간 자리는 어색하게 변해 금방 일어나야 되는 경우가 생길 것이다.

"우리는 목표한 일이 있어서 대학에 가지 않았어요. 꿈을 이루는 데 꼭 대학교를 가야 한다고 생각하지 않았거든요."

"어머, 그 꿈이 뭐죠?"

"연기자로 성공하는 겁니다. 지금 우리는 극단에서 활동하고 있어요. 밑바닥부터 밟아서 멋진 연기자가 될 생각으로 열심히 일하고 있죠."

강우진의 대답에 잠시 멈칫했던 그녀들의 표정이 서서히 풀리며 꿈결 속으로 빠져드는 게 보였다.

연극, 연기자. 배우, 환호와 박수, 화려한 조명.

그녀들의 머릿속에 들어찬 단어들.

그 단어들은 대학생이란 타이틀에 비해 전혀 꿇릴 게 없을 만큼 환상적인 것들이었다.

*　　　　　*　　　　　*

그녀들과의 대화는 즐거웠다.

더군다나 술을 마시는 자리였기 때문에 젊은 청춘들답게 금방 분위기가 화기애애하게 변했다.

처음 사진을 찍어달라며 부탁해 왔던 여대생의 이름은 한가령이었는데 분위기는 그녀가 주도했다.

그러나 진짜 상황을 장악하고 있는 것은 서현탁이었다.

그는 말빨의 천재답게 여대생들을 울고 웃기게 만들었는데 여대생들은 그의 말솜씨에 빨려들어 잠시도 다른 짓을 하지 못할 정도였다.

그럼에도 그녀들의 눈은 강우진을 향해 주기적으로 돌아와 한참을 머물다가 떨어졌다.

본능.

매력적인 수컷을 찾는 여자들의 본능은 무서우리만치 그녀들을 솔직하게 만들었다.

그녀들의 나이는 강우진과 똑같은 22살이었다.

대학 3학년.

신입생의 풋풋함은 벗어던진 지 오래였고 3년이란 대학 생활을 하면서 직간접적으로 수많은 남자를 만나본 경험이 있었다.

그럼에도 민망함을 무릅쓰고 여자의 자존심을 벗어던진 채 흘끔거리며 바라볼 수밖에 없는 건 강우진의 외모가 그녀들이 봤던 그 어떤 남자보다 매력적이었기 때문이다.

술자리가 어느 정도 진행되어 분위기가 후끈 달아올랐을 때 한가령이 묘한 제안을 해왔다.

"우리 오늘 클럽에 놀러가기로 했는데 같이 안 가실래요?"

일행의 동의를 얻지 않은 제안이었지만 아무도 이의를 제기하지 않았다.

아니, 오히려 그녀들은 기대에 찬 눈빛으로 강우진을 바라볼 뿐이었다.

강우진은 그녀의 제안을 받고 서현탁을 힐끔 바라보았다.

놈은 언제부턴가 그 화려했던 말빨을 멈추고 있었는데 그가 바라보자 뭔가 알지 못할 기묘한 웃음을 짓고 있었다.

"우리가 먼저 가자고 했으니까 비용은 우리가 댈게요. 우진

씨와 현탁 씨는 지금처럼 분위기만 띄워주세요."

＊　　　　　＊　　　　　＊

일행의 숫자는 아홉.

택시를 나눠타고 '빅 스노우' 앞에서 만나기로 했기 때문에 강우진과 서현탁은 자연스럽게 그녀들과 떨어졌다.

'빅 스노우'는 5년 전 새로운 환락가로 자리 잡은 서초동의 명물로서 온갖 젊은 군상들이 들끓는 클럽이었다.

"꼭 안 가도 되는데 그랬어?"

"네 눈에 그냥 가면 죽이겠다고 써 있었잖아."

"귀신 같은 놈."

"2년 동안 전방에서 고생했으니까 오늘은 실컷 놀아. 예쁜 여대생들 얼굴도 실컷 구경하고."

"아이고, 그 소릴 들어보니까 벌써부터 가슴이 떨리네."

"야, 택시나 잡아. 우리 도망간 줄 알겠다."

강우진의 재촉에 서현탁이 이리 뛰고 저리 뛰어서 금방 택시를 잡았다.

빅 스노우까지의 거리는 택시로 10분 정도 걸리기에 두 사람은 뒷좌석에 편하게 자리를 잡았다.

"우진아, 단장님이 뭐라든?"

"무슨 소리야?"

"벌써 3년 됐잖아. 이제 무대에 올라가야 되는 거 아니냐고?"

"그게 어디 3년이냐. 공익하느라 주말에만 나갔는데 3년 지났다고 세워주겠어. 더군다나 아직 내 위로 선배들이 3명이나 있잖아. 그 사람들이 먼저 데뷔해야 되는데 아직도 앞길이 깜깜해."

"왜?"

"주인공들을 자꾸 스카우트해 오니까 자리가 잘 안 나."

강우진이 말을 해놓고 슬쩍 창가 쪽으로 시선을 던졌다.

더 이상 말하고 싶지 않다는 행동이었다.

연극판도 흥행이라는 게 있었다.

'아가씨의 사랑'처럼 꾸준하게 인기를 얻은 연극들도 시간이 지날수록 관객의 숫자가 줄어들게 된다.

2년 전부터 '아가씨의 사랑'을 더 이상 무대에 올리지 않은 것 역시 관객 수가 부쩍 줄어들었기 때문이다.

강우진이 대타로 노래를 불렀던 '인생역전'도 마찬가지였다.

김상태가 다시 돌아왔고 강우진이 노래를 더 이상 부르지 않으면서 '인생역전'은 계속 내리막길을 걸었다.

단장은 강우진의 노래를 통해 인기를 만회하려는 생각을 가졌지만 인터넷에 꾸준히 립싱크에 대한 의문이 제기되면서 결국 포기를 하고 말았다.

많은 숫자가 의문을 제기한 건 아니었지만 누군가가 알아봤다는 것이 중요했다.

만약 그 사실이 폭로된다면 극단 비상은 치명타를 입고 극장 문을 닫아야 할지도 몰랐다.

연극판에서 검증된 스타 연기자들을 스카웃해서 올리는 건 일반화된 전략이었다.

관객들은 얼굴이 잘 알려진 스타들을 무대에서 직접 볼 수만 있다면 기꺼이 호주머니를 열기 때문이었다.

누군가의 희망은 누군가에게 절망이 되곤 하는데 그 절망의 몫은 언제나 없는 자의 것이었다.

데뷔를 꿈꾸며 잡일을 마다하지 않고 버티던 스태프들에게 스타들의 스카웃은 청천벽력과 같은 일이 되고 만다.

이대로라면 강우진의 데뷔는 언제가 될지 몰랐다.

더군다나 그는 버젓한 대학의 연극영화과 출신도 아니었기에 그 기회가 언제 주어질지 기약이 없는 실정이었다.

강우진의 처지는 곧 서현탁의 처지나 다름없었다.

그는 오히려 강우진보다 훨씬 더 악조건을 가졌다고 봐야 했다. 1년 만에 군대를 갔기 때문에 이젠 서열에서도 한참 뒤로 처진 상태였다.

"아우, 머리 아퍼. 씨발, 사는 게 뭐 이리 힘드냐"

"우리가 언제 머리 쓰고 살았어. 그냥 살아가는 거지."

"그래도 인마, 넌 노래를 기가 막히게 부르잖아. 더군다나 외모까지 끝내주게 변했으니 곧 뜰 거다. 내가 봤을 때 넌 무조건 떠!"

"현탁아, 나 이제 노래를 못 해."

"그건 또 무슨 개소리야?"

"외모가 변하면서 목소리에 문제가 생겼어. 노래를 부르면 목소리가 갈라져 나와. 고음도 올라가지 않고."

"거짓말하지 마, 인마. 말만 들어도 심란하다."

"거짓말 아니야."

가라앉은 음성.

강우진의 가라앉은 음성을 들은 서현탁의 표정이 점점 어두워져 갔다.

"씨발, 그런 게 어디 있어!"

"아무래도 뭔가 부작용이 일어난 것 같아."

"미치겠네."

"마지막에 박사 누나가 변화가 없다면서 한 번 더 주사를 맞자고 했는데 그것 때문이 아닌가 싶다."

하나를 얻으면 하나를 잃는다던 성현의 말씀은 더럽고 치사하게 꼭 들어맞았다.

본격적으로 얼굴 형태가 변하기 시작한 6달 전부터 노래를 부르면 목소리가 갈라지기 시작하더니 이제는 노래 자체가 되지 않을 만큼 엉망이 되었다.

처음에는 괜찮을 거라 생각하며 그리 크게 생각하지 않았다.

어차피 가수보다는 연기자의 길을 걷겠다는 결심을 했고 무엇보다 외모가 변했다는 기쁨 때문에 목소리를 잃어버렸어도 괜찮다고 생각했다.

하지만 시간이 갈수록 점점 가슴이 아파오면서 슬퍼졌다.

무슨 놈의 인생이 이런 걸까.

하나님은 자신에게만큼은 온갖 역경을 다 주려고 작정한 것 같았다.

목소리를 찾기 위해 찾아간 병원에서는 후천성 성대 결절이란 판정을 내려주었다.

무슨 이윤지 모르겠지만 성대 한쪽이 파괴되어 고음을 올리지 못하고 목소리가 갈라진다는 것이었다.

*   *   *

잠시 동안 우울해졌던 기분을 나이트클럽에서 마음껏 풀었다.

연기에는 모든 것이 담겨 있었다.

정확한 발음, 대사의 흐름을 따라 잡아야 하는 감정의 선, 노래, 상황에 맞춰서 움직이는 동선, 그리고 춤들이 모두 모였을 때 관객을 휘어잡는 연기가 완성된다.

강우진은 연기 공부에 매진하면서 춤도 꾸준히 연습해 왔다.

물론 동영상과 선배 연기자들의 춤을 보면서 따라 한 것이었지만 나이트클럽에서는 충분히 통할 만한 수준이었다.

여대생들은 오늘 완전히 망가지기로 작정한 모양이었다.

그녀들은 일차에서 어느 정도 술이 되었기 때문인지 나이트클럽에 들어서자 고삐 풀린 망아지들처럼 몸을 흔들며 춤을 추었다.

클럽은 수많은 젊은이로 붐볐다.

디제이의 주변 무대는 물론이고 복도와 자리에서까지 청춘들은 수초처럼 몸을 흔들며 젊은이의 열기를 발산했다.

강우진은 디제이와 조금 떨어진 곳에서 몸을 흔들었다.

아직도 캄캄한 길을 걷고 있는 젊음의 아픔을 지금 이 순간만큼은 마음껏 풀어내고 싶었다.

일행은 처음엔 모두 모여 같이 춤을 췄는데 불과 30분 만에 뿔뿔이 흩어지고 말았다.

어쩔 수 없는 일이다.

클럽에는 워낙 사람이 많았기 때문에 일행이 대열을 형성해서 춤춘다는 것은 애초부터 불가능한 일이었다.

그럼에도 한가령이 강우진에게서 떨어지지 않은 것은 그녀
의 필사적인 노력이 있었기 때문이다.

"우진 씨, 춤 잘 추네요."

"가령 씨도 좋은데요."

마주 닿은 숨결.

워낙 많은 사람이 움직이다 보니 고개를 내리면 그녀의 가
슴이 내려다보일 정도로 바짝 다가와 있었다.

시간이 갈수록 바짝 붙은 두 남녀의 숨결이 뜨거워져 갔
다.

"처음부터 마음에 들었어요."

분위기 탓이었을까, 아니면 그녀의 성격이 직설적이기 때문
이었을까.

붉게 변한 한가령의 입에서 불쑥 튀어나온 목소리는 남자
의 마음을 흔들기에 충분할 정도로 뇌쇄적이었다.

"저 어때요?"

"가령 씨는 예뻐요."

"괜찮다는 뜻인가요?"

"네."

개소리다. 처음 보는 여자가 마음에 들다니…….

그럼에도 강우진은 될 대로 되라는 심정으로 대답을 해버

렸다.

그러자 그녀의 얼굴이 더욱더 붉어졌다.

"우진 씨, 우리 나갈래요? 여긴 너무 시끄러워요."

제10장
페가수스 엔터테인먼트 II

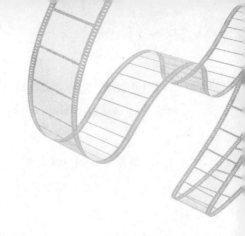

　민윤식은 맥주를 마시며 춤에 미쳐 있는 군상들을 바라보았다.

　활기찬 젊음이 좋다.

　자신 역시 많은 나이가 아니었지만 클럽에 오는 게 눈치가 보일 정도는 되었기에 쉽게 자리에서 일어나지 못했다.

　그럼에도 이곳에 온 것은 답답함 때문이었다.

　그는 페가수스 엔터테인먼트의 상무였다.

　페가수스는 5년 전에 출범해서 걸 그룹 '식스엔젤'과 김한민을 보유하며 단기간에 급성장을 한 회사였다.

하지만 최근 들어와 회사의 성장세는 정체를 보이기 시작했고 '식스엔젤'의 인기가 시들해지면서 위기감이 커진 상태였다.

'식스엔젤'에 이어 3개의 걸 그룹을 의욕적으로 데뷔시켰으나 처참하게 깨지며 타격을 입어 은행 융자만 벌써 5억이 넘었다.

요즘 걸 그룹은 일 년에 50개씩 데뷔를 하고 그중에 성공하는 팀은 잘해봐야 한두 개에 불과했는데도 욕심을 부린 건 워낙 '식스엔젤'의 인기가 상종가를 쳤기 때문이다.

'식스엔젤'의 인기가 시든 것은 멤버간의 왕따 문제가 언론에 새어 나간 것이 원인이었다.

왕따 문제는 대한민국 사회에서 치명적인 이슈였고 국민들의 질타를 받기에 충분하고도 남을 정도로 무시무시했다.

페가수스의 사장인 민윤승이 백방으로 뛰어다니며 언론을 막기 위해 노력했으나 한 번 터진 둑을 막기엔 역부족이었다.

민윤승은 민윤식의 형이었고 페가수스는 그들 형제가 의기투합해서 만든 회사였다.

위기에 처한 회사를 구하기 위해 그들 형제가 특단의 조치를 내린 것은 바로 남성 5인조로 구성된 댄스 그룹을 만드는 것이었다.

남성 그룹도 걸 그룹 못지않게 치열한 경쟁을 벌여야 하지만 한번 인기를 얻을 수만 있다면 대박을 터뜨릴 수 있었다.

현재 업계 선두를 다투고 있는 YK나 HDS가 막대한 이익을 창출하는 것은 막강한 소녀 팬들을 보유한 남성 그룹들을 보유하고 있기 때문이었다.

남성 그룹은 걸 그룹과 다르게 압도적인 소녀 팬들을 형성해서 쉽게 인기가 시들지 않는 특징을 가지고 있었고 한번 인기를 얻으면 최소 5년은 기본으로 먹고 들어간다.

그야말로 성공만 한다면 대박을 터뜨릴 수 있다는 뜻이었다.

황금 알을 낳는 거위.

그런 남성 그룹을 가질 수만 있다면 회사는 금방 재기할 수 있고, 간판이 마련되는 순간 괜찮은 가수들을 스카웃할 수 있는 계기를 마련할 수 있었다.

그러나 남성 그룹을 만드는 것은 걸 그룹에 비해 10배는 어렵다.

일단 춤을 귀신같이 추는 놈들이 필요하다. 아니다, 그것만 가지고는 어림도 없다.

춤도 잘 추고 소녀들을 기절시킬 정도로 뛰어난 외모를 가지고 있어야 한다.

그가 답답함을 못 참고 클럽에 온 것은 그런 놈들을 아직까지 구하지 못해서였다.

지금까지 가수를 꿈꾸며 찾아온 연습생들을 포함해서 인터넷 광고를 통해 10번의 오디션을 열었지만 멤버로 구성된 놈은 3명에 불과했다.

미치고 펄쩍 뛸 노릇.

무려 6개월에 걸쳐 멤버를 찾기 위해 백방으로 노력했으나 괜찮은 놈을 찾기는 하늘의 별을 따는 것처럼 어려웠다.

답답함을 풀지 못하면 죽을 것만 같았다.

그랬기에 서한국의 유혹을 견디지 못하고 10년 전에 끊었던 클럽에 오고 말았다.

30대 후반.

클럽에 오기에는 제법 많은 나이였으나 친구인 서한국은 일주일에 한 번은 꼭 클럽을 찾았는데 놈은 이곳에 와서 원나 잇할 수 있는 여자들을 구하는 게 취미였다.

그래서인지 놈의 눈은 사방팔방을 훑쓸며 클럽을 스캔하느라 정신이 없었다.

"괜찮은 애 구했냐?"

"별 걱정을 다하네. 내가 이곳에 와서 그냥 나가는 거 봤어?"

"미친놈."

"오늘은 너도 하나 해라. 스트레스 푸는 데는 섹스가 최고야."

"이 새끼야. 너 언제까지 그렇게 살래. 학벌 좋아, 직장 좋아. 대충 괜찮은 여자 만나서 결혼이나 하라니까!"

"싫어. 난 이게 좋아. 결혼하면 지옥이라고 하더라. 이렇게 물 좋은 곳을 놔두고 미쳤다고 결혼을 해. 냅 둬, 난 이렇게 살다 죽으려니까."

"어이구, 네 마음대로 하셔요. 대신 나한테 이상한 애들 갖다 붙이지 마. 우리 마누라 알면 목숨이 위험해."

"인마, 가끔가다 외식도 해야지. 맨날 집 밥만 먹으면 건강 안 좋아져."

"지랄하네."

"기다려 봐. 오늘은 아주 섹시하고 죽이는 애로 구해줄게."

민윤식이 타박을 했어도 서한국은 아예 맥주병을 들고 자리에서 일어났다.

그러고는 사람들 사이로 사라졌는데 금방 모습이 보이지 않았다.

팔자 편한 놈이다.

증권사에 다니면서 돈도 제법 벌었기 때문인지 놈의 멘탈은 달나라로 가 있는 것 같았다.

서한국이 보이지 않자 멀거니 홀을 바라보며 맥주를 마셨다.

스트레스를 풀러 왔지만 답답함은 쉽게 가시지 않았다.

꼭, 가슴에 돌덩이를 매달고 있는 느낌.

형인 민윤승은 지금쯤 잘 가는 포장마차에서 곤죽이 되도록 술을 마시고 있을 것이다.

그의 눈이 번쩍 떠진 것은 사람들에 밀려서 점점 바깥으로 빠져나오는 사내를 확인한 후였다.

처음에는 아무런 생각 없이 봤다.

워낙 많은 사람이 수초처럼 흔들고 있었기 때문에 그 속에서 누군가를 눈여겨본다는 것은 결코 쉬운 일이 아니었다.

하지만 놈이 한번 눈에 들어오자 눈을 뗄 수 없었다.

현란하지는 않지만 부드러운 스텝과 팔의 움직임이 예사롭지 않았다. 기본이 잘되어 있다는 뜻이다.

더군다나 사이즈와 외모가 독보적이었다.

한꺼번에 가슴에 들어 있던 돌덩이가 빠져나가는 느낌.

눈이 부릅떠졌고 머리털이 쭈뼛거리며 섰으나 사내를 향한 그의 눈은 떨어질 줄 몰랐다.

*   *   *

강우진은 조용한 곳으로 나가자는 한가령의 말을 듣고 가슴이 쿵 떨어지는 느낌을 받았다.

눈을 봤다. 과연 그녀의 말이 무슨 의미인지 확인하기 위해서.

지금까지 어떻게 살아왔던가.

22살이 될 동안 여자의 손조차 한번 잡아보지 못했으니 키스는 물론이고 섹스는 상상 속의 동화와 같은 것이었다.

가슴이 떨렸다.

과연 그녀가 유혹한다면 이 상황에서 벗어날 수 있을까.

그런 생각이 들자 웃음이 먼저 나왔다.

요즘의 젊은이들은 섹스를 스포츠라고 생각한다는 말까지 나돌았지만 강우진에게는 지금까지 전혀 해당되지 않는 일들이었다.

사랑을 해야 섹스를 한다는 고리타분한 생각을 가진 건 아니었지만 기회가 없었다.

다시 말해 불쌍한 청춘이었다는 뜻이다.

한가령이 말을 한 후 붉어진 눈으로 바라보자 강우진은 춤을 멈추고 한숨을 길게 내리쉬었다.

그녀의 생각이 무엇인지 짐작조차 가지 않은 상태에서 엉뚱한 상상을 하고 있는 자신의 모습이 가소로웠다.

눈을 돌려 서현탁을 찾았다.

놈은 여자들에 둘러싸여 춤을 추고 있었는데 마치 미친놈처럼 보였다.

환호성을 지르며 춤추는 군상들의 틈에서 빠져나와 그녀를 향해 입을 열었다.

그녀가 무슨 생각을 가지고 있는지 알고 싶었다.

"밖에 어디?"

"나가서 커피나 마셔요. 난 우진 씨에 대해서 조금 더 알고 싶어요."

자신과 사귀고 싶다는 뜻이다.

클럽에 오면 원나잇을 하는 여자들이 셀 수 없이 많다고 들었지만 차분하게 가라앉아 있는 한가령의 눈은 그런 것과 거리가 멀었으니 말 그대로 남자로서의 궁금증과 호감 때문에 한 말인 게 분명했다.

지금 이 여자.

과연 이 여자는 자신이 살아온 삶과 지금의 상황을 안다면 모든 것을 이해해 줄까.

강우진의 웃음이 더욱 진해졌다.

"커피는 나중에 마시죠. 대신 전화번호를 주면 나중에 내가 전화할게요."

"제가 부담되나요?"

"친구들과 같이 왔잖아요. 나는 가령 씨가 괜한 오해를 받는 게 싫어요."

"그건……."

"친구들 저기에 있네요. 우리 같이 가서 춤이나 춥시다."

한가령의 안색이 변하는 것을 봤지만 강우진은 천천히 몸을 돌렸다.

그녀를 상대로 섹스를 생각했던 자신의 모습이 바보처럼 느껴졌고 그녀에게 더없이 미안해졌다.

*　　　　*　　　　*

강우진은 슬쩍 시계를 쳐다봤다.

벌써 12시가 가까워지고 있었다.

하지만 클럽은 지금부터가 진짜인지 사람들이 점점 많아졌다.

서현탁 쪽으로 가서 춤을 췄는데 또 밀려나 점점 외곽 쪽으로 빠져나갔다.

클럽에 와본 적이 없었기 때문에 어떻게 놀아야 되는지에 대한 노하우가 부족해서 벌어진 일이었다.

그럼에도 불구하고 강우진은 혼자 자유롭게 춤을 췄다.

자신의 삶이 앞으로 어떻게 변할지 알 수 없다는 불안감.

3년이 지났지만 극단에서의 위치는 여전히 오리무중이고 앞으로 더 나아갈 기미조차 보이지 않았다.

연극으로 성공하겠다는 다짐은 점점 엷어지는 대신 미래에 대한 불안감은 점점 커지고 있었다.

거기에다 목소리까지 잃어버렸으니 현재의 상황은 최악이나 다름없었다.

얼마나 췄을까.

목이 말라 자리에 돌아왔을 때 클럽과 어울리지 않는 사내가 불쑥 다가왔다.

웃기게도 그는 양복을 입고 있었다.

"잠깐 이야기할 수 있을까요?"

"누구시죠?"

"나는 페가수스 엔터테인먼트의 민윤식이라고 합니다."

의문에 찬 시선을 보내자 민윤식이 인사와 함께 명함을 내밀었다.

명함은 금박으로 표면이 장식되어 있었고 뚜렷한 활자체로 상무란 직책이 찍혀 있었다.

강우진을 바라보는 그의 표정에는 웃음기가 하나도 들어 있지 않았다.

그만큼 긴장했다는 뜻이다.

"이름이?"

"강우진입니다."

"강우진 씨, 조용한 곳에서 이야기를 나누고 싶은데 괜찮으시겠습니까?"

"저는 친구들과 함께 왔습니다. 무슨 일인지 모르겠지만 웬만하면 여기서 이야기하는 게 좋겠는데요."

"그러지 말고 잠깐 나갑시다. 여기서 대화를 나누기는 어렵잖아요!"

민윤식이 살짝 인상을 찡그렸다.

고막을 터뜨릴 듯이 울리는 음악 소리.

그 음악 소리를 뚫고 이야기를 하다 보니 고함을 쳐야 간신히 들린다.

표정으로 말하는 것이 몸에 밴 사람이 분명했다.

민윤식은 작은 표정 하나로 모든 상황을 간단하게 설명했는데 상당한 설득력이 있었다.

그의 표정에 강우진이 잠시 멈칫하다 고개를 끄덕였다. 민윤식의 말처럼 이곳에서는 대화를 나누기가 힘들다는 걸 인정한 것이다.

"그럼 나가시죠."

강우진의 말이 떨어지기를 기다렸다는 듯 민윤식은 그를 이끌고 거리로 나왔다.

거리에는 젊은이들의 거리답게 커피숍이 많았다.

민윤식은 거침없이 가장 가까운 커피숍을 향해 걸음을 옮겼다.

바쁜 걸음. 걸음에서 그의 마음이 나타났다.

그럼에도 그는 쉽게 본론에 들어가지 않고 먼저 커피를 시킨 후 직접 가져다 강우진의 앞에 놓은 뒤에야 입을 열었다.

"놀랐나요?"

"조금······."

"명함에서 보셨겠지만 저는 페가수스의 상무를 맡고 있습니다. 혹시 페가수스 엔터테인먼트는 들어보셨습니까?"

"아뇨, 모르는데요."

"이런··· 저희 회사는 걸 그룹 '식스엔젤'과 인기 가수 김한민을 비롯해서 많은 가수를 보유한 중견 기업입니다. 업계에서는 탄탄하기로 소문난 회사죠."

물론 뻥이다.

페가수스는 지금 경영난에 허덕이고 있지만 민윤식은 낯빛하나 변하지 않고 거짓말을 했다.

설혹 나중에 안다 하더라도 눈앞에 있는 강우진 정도는 충분히 요리할 자신이 있었다.

그랬기에 그는 여유 있게 커피를 마시며 말을 이어나갔다.

"클럽에서 강우진 씨를 보고 놀랐습니다. 마치 하나의 보석이 움직이는 것처럼 은은하게 빛나더군요."

"제가 말입니까?"

"그렇습니다. 나는 빈말을 하지 못하는 성격입니다. 강우진 씨는 사람들 속에서 빛날 정도로 훌륭한 외모를 가졌습니다. 더군다나 춤 솜씨가 꽤나 좋더군요. 혹시 모델이나 그런 계통에서 일을 하나요?"

"아닌데요."

"그럼 연예계 쪽?"

"저는 연극을 하고 있습니다. 아직 데뷔는 못 했지만 극단에서 일하고 있어요."

"아하, 그렇군요. 몇 살이죠?"

"22살입니다."

강우진의 대답에 민윤식이 눈을 빛냈다.

22살, 극단에서 일한다는 걸 보니 대학생은 아니다. 아마, 고등학교를 졸업하고 방황하다가 연극 무대를 동경해서 극단을 전전하는 게 틀림없었다.

서서히 자신감이 피어올랐다. 이 정도의 스펙이면 자신의 제안에 응할 가능성이 높았다.

"그럼 본론을 말하죠. 나는 강우진 씨를 스카웃하고 싶습니다. 우리 회사는 이번에 5인조 댄스 그룹을 구성해서 데뷔시킬 계획을 가지고 있는데 그 멤버에 강우진 씨를 포함시키고 싶군요."

"댄스 그룹요?"

"그래요. 페가수스가 전력을 다해서 키우려고 구상한 팀입니다. 연습 과정을 거쳐 1년 안에 데뷔시킬 거예요. 지금 모든 멤버가 구성되었고 딱 한 자리가 남았죠. 수많은 지원자가 줄을 선 상태고 우리 사장님이 염두에 두고 있는 애들도 10명 가까이 있어요. 그럼에도 내가 이렇게 제안을 하는 건 강우진 씨가 눈에 확 들어왔기 때문입니다."

또다시 거짓말.

민윤식이 거짓말을 반복하는 이유는 오직 하나뿐이다. 바로 강하게 어필해서 자신의 뜻을 이루기 위함이다.

"저는 춤을 전문적으로 춰본 사람이 아닙니다."

"그 정도면 충분해요. 우진 씨는 기본이 탄탄해 보였습니다."

"가수라면 노래도 해야 할 텐데요?"

"그러지 않아도 그걸 물어볼 생각이었습니다. 우진 씨 노래 실력은 어떻습니까?"

"저는 노래를 잘 부르지 못합니다."

"그래요?"

민윤식의 얼굴에서 살짝 실망하는 기색이 나타났다.

하지만 그는 곧 표정을 고치고 금방 얼굴을 폈다.

"괜찮습니다. 우리는 이미 리드 싱어와 세컨 싱어를 구해놓았기 때문에 우진 씨는 노래를 부르지 않아도 됩니다."

"가수가 노래를 부르지 않아도 된다고요?"

"요즘 댄스 그룹들은 대부분 그렇게 구성되거든요."

"그렇군요."

강우진의 얼굴에서 쓴웃음이 새어 나왔다.

가수가 노래를 부르지 않는다면 그건 뭘까?

아무리 좋게 생각해도 그것은 어릿광대에 지나지 않을 거란 생각이 들었다.

다른 사람에게 손가락질 받을 정도로 엉망인 외모를 지녔어도 혼자서 불렀던 노래는 위안이었고 행복이었다.

스스로 천상의 목소리를 지녔다고 자부하지 않았지만 누구보다 잘할 자신이 있었으나 외모를 얻는 대신 목소리를 잃어버렸다.

물론 희망을 잃지는 않았다. 시간이 지나면 언젠가 다시 자신의 목소리를 되찾을 거라 믿었기 때문이다.

그러나 눈앞에 있는 사람의 제안을 받아들이기는 싫었다.

가수가 꿈이었으나 목소리를 잃은 지금 사람들을 속여가며 춤을 추는 바보가 되고 싶지는 않았다.

외모로 받아온 편견을 벗어던진 지금 또다시 목소리로 인해 그렇게 되기는 죽기보다 싫었다.

노래를 하지 않아도 된다는 민윤식의 말이 마치 비수처럼 가슴을 찔러왔다.

"우진 씨, 내 제안을 받아들인다면 업계 최고의 대우를 해 주겠습니다. 어떻습니까?"

"죄송합니다. 저는 배우가 되기 위해 지금까지 노력해 왔고 앞으로도 그럴 생각입니다. 제안은 고맙습니다만 저는 안 될 것 같습니다."

"우진 씨!"

"친구들이 기다리고 있어서 이만 가봐야 될 것 같네요. 저 먼저 일어나겠습니다."

강우진이 일어서자 민윤식이 의자를 박차고 따라 일어섰다.

그러나 그는 강우진을 잡지 못했다.

빤히 쳐다보는 강우진의 시선에는 그 누구도 깨뜨릴 수 없는 의지가 가득 담겨 있었기 때문이다.

*   *   *

"정말이야?"

"응."

강우진이 잠시의 고민조차 없이 고개를 끄덕이자 서현탁의 주먹이 단박에 올라왔다.

그럼에도 강우진은 머리를 피하지 않고 서현탁을 빤히 바라봤다.

설마 지가 죽이겠냐는 표정을 지은 채.

같이 왔던 여대생들에게 먼저 가겠다는 인사를 하고 나온 지 20분이나 지났지만 서현탁이 계속해서 아쉽다며 툴툴 댔기 때문에 한참이 지난 후에야 민윤식을 만난 이야기를 했다.

그랬더니 서현탁의 반응은 생각한 것보다 훨씬 격렬했다.

"야, 이 미친놈아. 그게 얼마나 좋은 기횐데 헛발질이야, 헛발질이. 페가수스면 내가 조금 아는 회산데 '식스엔젤'로 대박 친 회사 맞아. 더군다나 김한민이도 거기 소속이라고. 네 주제에 텔레비전에 나오는 게 쉽냐. 쉬워!"

"인마, 내가 말했잖아. 목소리에 문제가 생겼다고. 노래도 못 하는 놈이 무슨 가수를 해."

"안 해도 된다고 그랬다며. 노래 못 해도 인기 얻어서 떵떵거리며 돈 많이 버는 놈들이 쌔고 쌘 거 몰라? 주말에 하는 거 뭐시기냐, 그래, 상상게임. 거기에 나오는 하태경 그놈도 댄스 그룹 출신인데 노래는 음치 저리 가라야. 그런 놈들도 버젓이 나와서 화면발 잘도 받더라."

"그래서 안티도 많잖아."

"빙신, 안티가 대수냐. 돈만 벌면 되지. 걘 인마, 스타야, 스

타. 요즘은 엔터테인먼트 시대라고. 가수가 안 되면 MC도 하고 연기도 하는데 뭔 상관이야. 일단 텔레비전에 나오는 게 중요하지."

"난… 그렇게 살고 싶지 않다. 이젠 더 이상 남의 손가락질 받는 건 절대 안 할 거다."

"어이구, 지랄을 하세요."

"난 마음을 굳혔어. 극단에서 일하면서 천천히 밟아나갈 생각이야. 배우로서 최고가 돼볼 테다."

"어느 세월에!"

"언젠가는 때가 오지 않겠어?"

"이놈이 천하태평일세. 아주 만만디야. 너 뭘 믿고 그런 똥배짱을 부리는 거냐?"

서현탁의 주먹이 다시 올라왔다.

놈은 답답해서 미치겠다는 표정을 짓고 있었는데 실제로 강우진의 대갈통을 한 대 쥐어박았다.

똥배짱.

그래, 아마 똥배짱일 것이다.

그래도 다시는 사람들에게 외면받을 짓은 하고 싶지 않았다.

서현탁의 말대로 텔레비전에 나와 얼굴이 알려지면 하태경처럼 그런 기회를 잡을 수 있을지도 모른다.

그러나 가능성은 희박하다.

하태경은 가수로 시작했지만 타고난 예능 감각으로 사람들을 웃기는 재주를 가졌기 때문에 성공할 수 있었던 것이지 단순히 운이 좋아서 인기를 얻은 건 아니다.

그렇다면 자신은 어떤가.

노래를 부르지 못하면서 가수가 된 자신은 어쩌면 못난 외모로 받았던 그 이상의 수모를 겪으며 또다시 깊은 슬픔 속으로 빠져들지도 모른다.

그것이 싫었다.

최근 들어 배우로 성공하고 싶다는 결심이 흔들렸지만 민윤식을 만나고 나자 그 결심이 새롭게 강우진의 가슴을 가득 채웠다.

비온 후의 땅이 더 단단해진다고 했던가.

이제 두 번 다시 불안해하거나 두려워하지 않을 생각이었다.

한번 선택한 이상 다시는 흔들리지 않겠다며 입술을 굳게 깨물면서 의지를 새롭게 다졌다.

*   *   *

우습게도 세상은 오묘한 이치에서 돌아간다.

하고자 할 때는 아무리 노력해도 안 되던 것들이 어느 날 기적처럼 이루어지기 때문이다.

강우진에게 기회가 찾아온 것은 그로부터 한 달이 채 지나지 않았을 때였다.

『스크린의 별』 2권에 계속…

초대형 24시 만화방

신간 100%, 샤워실, 흡연실, 수면실(침대석), 커플석, 세탁기 완비

■ 시흥 정왕25시점 ■

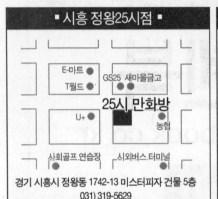

경기 시흥시 정왕동 1742-13 미스터피자 건물 5층
031) 319-5629

■ 강북 노원역점 ■

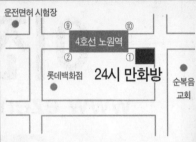

서울 노원구 상계동 340-6 노원역 1번 출구 앞 3층
02) 951-8324 (화용빌딩 3층)

■ 일산 정발산역점 ■

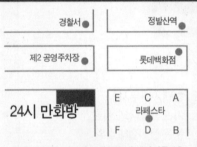

라페스타 E동 건너편 먹자골목 내 객잔건물 5층
031) 914-1957

■ 일산 화정역점 ■

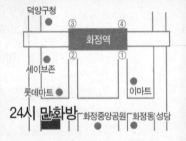

경기도 고양시 덕양구 화정동 984번지 서일빌딩 7층
031) 979-4874 (서일사우나 건물 7층)

■ 부천 역곡역점 ■

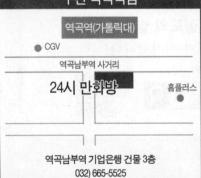

역곡남부역 기업은행 건물 3층
032) 665-5525

■ 부평역점 ■

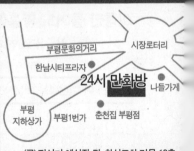

(구)진선미 예식장 뒤 한신포차 건물 10층
032) 522-2871

SOKIN 장편소설
FUSION FANTASTIC STORY

2016년 장르 문학 사이트 연재 1위!

『코더 이용호』

이류 대학 컴퓨터과학부 출신 취준생 이용호.
어느 날, 그의 머리 위로 번개가 떨어졌다!

정신을 차린 그의 눈앞에는, '버그 창'이 있었다.

"모든 해결책이… 보여!!"

누구보다 빠르고 정확하게.
톱 코더의 능력을 가진 남자.
야생의 대한민국 IT 업계를 정복하고
세계 정상에 서리라!

Book Publishing CHUNGEORAM